# La vuelta al día en ochenta mundos

Ilustración de la cubierta:
Jean Ignace Gérard, dit Grandville (1803-47).

Julio Cortázar

# La vuelta al día en ochenta mundos

TOMO I

Siglo XXI de España Editores, S. A.

**De distancias llevadas a cabo, de resentimientos infieles,**
**de hereditarias esperanzas mezcladas con sombra,**
**de asistencias desgarradoramente dulces**
**y días de transparente veta y estatua floral,**
**¿qué subsiste en mi término escaso, en mi débil producto?**

PABLO NERUDA, **Diurno doliente**

**Ah crevez-moi les yeux de l'âme**
**S'ils s'habituaient aux nuées.**

ARAGON, **Le roman inachevé**

PASSEPARTOUT

A mi tocayo le debo el título de este libro y a Lester Young la libertad de alterarlo sin ofender la saga planetaria de Phileas Fogg, Esq. Una noche en que Lester llenaba de humo y lluvia la melodía de **Three Little Words,** sentí más que nunca lo que hace a los grandes del jazz, esa invención que sigue siendo fiel al tema que combate y transforma e irisa. ¿Quién olvidará jamás la entrada imperial de Charlie Parker en **Lady, be good?** Ahora Lester escogía el perfil, casi la ausencia del tema, evocándolo como quizá la antimateria evoca la materia, y yo pensé en Mallarmé y en Kid Azteca, un boxeador que conocí en Buenos Aires hacia los años cuarenta y que frente al caos santafesino del adversario de esa noche armaba una ausencia perfecta a base de imperceptibles esquives, dibujando una lección de huecos donde iban a deshilacharse las patéticas andanadas de ocho onzas. Sucede además que por el jazz salgo siempre a lo abierto, me libro del cangrejo de lo idéntico para ganar esponja y simultaneidad porosa, una participación que en esa noche de Lester era un ir y venir de pedazos de estrellas, de anagramas y palindromas que en algún momento me trajeron inexplicablemente el recuerdo de mi tocayo y de golpe fueron Passepartout y la bella Aouda, fue la vuelta al día en ochenta mundos porque a mí me funciona la analogía como a Lester el esquema melódico que lo lanzaba al reverso de la alfombra donde los mismos hilos y los mismos colores se tramaban de otra manera.

Todo lo que sigue participa lo más posible (no siempre se puede abandonar un cangrejo cotidiano de cincuenta años) de esa respiración de la esponja en la que continuamente entran y salen peces de recuerdo, alianzas fulminantes de tiempos y estados y materias que la seriedad, esa señora demasiado escuchada, consideraría inconciliables. Me divier-

◀PHILEAS FOGG

te pensar este libro y algunos de sus previsibles efectos en la señora aludida, un poco como el cronopio Man Ray pensaba en su plancha con clavos y otros objetos padre cuando afirmaba: «De ninguna manera había que confundirlos con las pretensiones estéticas o el virtuosismo plástico que se espera en general de las obras de arte. Naturalmente —agregaba la lechucita anteojuda pensando en la señora que te dije—, los visitantes de mi exposición se quedaban perplejos y no se atrevían a divertirse, puesto que una galería de pintura es considerada como un santuario en el que no se bromea con el arte.» ☞

Y no se atrevían a divertirse. Man Ray, cuánto te hubiera gustado escuchar lo que escuché hace unos meses en Ginebra, donde una galería de la ciudad vieja presentaba un homenaje a Dada. Estaba precisamente tu plancha con clavos, y mientras la señora de más arriba la contemplaba con helado respeto, una chica pelirroja sostenía con otra más bien rubia este diálogo ejemplar:

—En el fondo no es tan diferente de mi plancha.

—¿Cómo?

—Sí, con ésta te pinchas y con la mía te quemas.

O para volver a Lester, la vez que un crítico musical tan serio como la señora le preguntaba por las profundas razones estéticas que lo habían movido a abandonar la batería por el saxo tenor, y Lester le contestó: «La batería tiene un alcance muy limitado. De nada vale que uno se fije en las chicas más bonitas de la platea, puesto que cuando ha terminado de desarmarla ya todas se las han picado.»

Se habrá advertido que aquí las citas llueven, y esto no es nada al lado de lo que viene, o sea casi todo. En los ochenta mundos de mi vuelta al día hay puertos, hoteles y camas para los cronopios, y además citar es citarse, ya lo han dicho y hecho más de cuatro, con la diferencia de que los pedantes citan porque viste mucho, y los cronopios porque son terriblemente egoístas y quieren acaparar a sus amigos, como yo a Lester y Man Ray y los que seguirán, Robert Lebel por ejemplo, que describe perfectamente este libro cuando dice: «Todo lo que ve usted en esta habitación o, mejor, en este almacén, ha

☞ **Man Ray**, Autoportrait.

sido dejado por los locatarios anteriores; por consiguiente no verá gran cosa que me pertenezca, pero yo prefiero estos instrumentos del azar. La diversidad de su naturaleza me impide limitarme a una reflexión unilateral y, en este laboratorio cuyos recursos someto a un inventario sistemático y, bien entendido, en sentido contrario al natural, mi imaginación se expone menos a marcar el paso.» ☜ Yo hubiera necesitado más palabras, es seguro.

El personaje que habla por boca de Lebel es nada menos que Marcel Duchamp. A su manera de suscitar una realidad más rica —haciendo cultivos de polvo, por ejemplo, o creando nuevas unidades de medida por el sistema no más convencional que otros de dejar caer un trozo de cordel sobre una superficie engomada y acatar su longitud y su dibujo—, se suma aquí algo que no podría decir explícitamente pero que quizá alcance a **decirse,** a desgajarse de todo esto. Aludo a un sentimiento de sustancialidad, a ese estar vivo que falta en tantos libros nuestros, a que escribir y respirar (en el sentido indio de la respiración como flujo y reflujo del ser universal) no sean dos ritmos diferentes. Algo como lo que trataba de decir Antonin Artaud: «...hablo de ese mínimo de vida pensante y en estado bruto —que no ha llegado a la palabra pero que podría hacerlo si fuera necesario—, y sin el cual el alma no puede vivir y la vida es como si ya no fuera.» ☜

Y con eso tanto más —ochenta mundos y en cada uno otros ochenta y en cada uno...—, tontería, café, informaciones como las que hicieron el sigiloso renombre de **Les admirables secrets d'Albert le Grand,** entre otras **la de que si un hombre muerde a otro mientras está comiendo lentejas la mordedura es incurable,** e incluso la maravillosa fórmula

☞ **Robert Lebel,** La double vue.
☞ **Antonin Artaud,** L'ombilic des limbes.

## Para hacer bailar a una muchacha en camisa

Tómese mejorana silvestre, orégano puro, tomillo silvestre, verbena, hojas de mirto junto con tres hojas de nogal y tres tallos pequeños de hinojo, todo lo cual será recogido la noche de San Juan en el mes de junio y antes de que salga el sol. Deberán secarse a la sombra, molerlas y pasarlas por un fino tamiz de seda, y cuando se quiera llevar a cabo este agradable juego, se soplará el polvo en el aire allí donde esté la muchacha para que lo respire, o se le hará tomar como si fuera polvo de tabaco; el efecto se manifestará de inmediato. Un famoso autor agrega que el efecto será tanto más infalible si esta traviesa experiencia se lleva a cabo en un lugar donde ardan lámparas alimentadas con grasa de liebre y de macho cabrío joven.

Fórmula que no dejaré de ensayar en mis valles de la Alta Provenza donde tanto perfuman todas esas hierbas, sin hablar de las muchachas. Y poemas, creo, que se quejan de olvido quizá justo pero eso no se sabe nunca, y un aire, un tono que quisiera como el de **Dimanche m'attend** del gran Audiberti, y **The Unquiet Grave,** y tantas páginas de **Le paysan de Paris,** y detrás, siempre, Jean el pajarero que me arrancó de la adolescencia idiota y bonaerense para decirme lo que Julio Verne me había repetido tantas veces sin que yo lo comprendiera del todo: hay un mundo, hay ochenta mundos por día; hay Dargelos y Hatteras, hay Gordon Pym, hay Palinuro, hay Oppiano Licario (desconocido, ¿verdad? Ya hablaremos del cronopio Lezama Lima, y también algún día de Felisberto y de Maurice Fourré), y hay sobre todo el gesto de compartir un cigarrillo y un paseo por los barrios más furtivos de París o de otros mundos, pero ya basta, usted ya tiene una idea de lo que se le viene, y entonces digamos como el gran Macedonio: «Huyo de asistir al final de mis escritos, por lo que antes de ello los termino.»

# Verano en las colinas

Anoche acabé de construir la jaula para el obispo de Evreux, jugué con el gato Teodoro W. Adorno, y descubrí sobre el cielo de Cazeneuve una nube solitaria que me hizo pensar en un cuadro de René Magritte, **La bataille de l'Argonne.** Cazeneuve es un pequeño pueblo en las colinas que enfrentan la cadena del Luberon, y cuando sopla el mistral que pule el aire y sus imágenes, me gusta mirarlo desde mi casa de Saignon e imaginar que todos los habitantes están cruzando los dedos de la mano izquierda o poniéndose un bonete de lana violeta, sobre todo anoche cuando esa extraordinaria nube Magritte me obligó no solamente a interrumpir el encarcelamiento del obispo sino el placer de revolcarme en el pasto con Teodoro, que es una actividad que los dos valoramos por encima de casi cualquier cosa. En el filoso cielo de la Alta Provenza, que a las nueve de la noche guardaba todavía mucho sol y un cuarto creciente de luna, la nube Magritte estaba exactamente suspendida sobre Cazeneuve y entonces sentí una vez más que la pálida naturaleza imitaba al arte ardiente y que esa nube plagiaba la suspensión vital siempre ominosa en Magritte y las ocultas potencias de un texto escrito por mí hace muchos años y jamás publicado salvo en francés y que dice:

## Manera sencillísima de destruir una ciudad

Se espera, escondido en el pasto, a que una gran nube de la especie cúmulo se sitúe sobre la ciudad aborrecida. Se dispara entonces la flecha petrificadora, la nube se convierte en mármol, y el resto no merece comentario.



◀ TEODORO W. ADORNO

Mi mujer, que me sabe en la tarea de escribir un libro del que solamente tengo en claro el deseo y el título, lee por sobre mi hombro y pregunta:

—¿Va a ser un libro de memorias? Entonces, ¿ya empezó la arterioesclerosis? ¿Y dónde vas a instalar la jaula del obispo?

Le contesto que a mi edad las arterias han debido comenzar seguramente su vitrificación solapada, pero que las memorias distarán de incurrir en el narcisismo que acompaña la andropausia intelectual, y que se recostarán preferentemente en la nube Magritte, en el gato Teodoro W. Adorno, y en una conducta que nadie ha descrito mejor que Felisberto Hernández cuando en **Tierras de la memoria** (no de las memorias) descubre que sus pensamientos oscilan siempre entre el infinito y el estornudo. En cuanto a la jaula, todavía me falta encarcelar al obispo que además es una mandrágora, y ya se verá dónde instalamos su oscilante infierno. Nuestra casa es bastante grande pero yo siempre he tendido a luchar contra el vacío mientras mi mujer se bate en sentido contrario, lo que ha dado a nuestro matrimonio uno de sus muchos aspectos exaltantes. Si de mí dependiera colgaría la jaula del obispo en mitad del living para que la mandrágora episcopal participara de nuestro cadencioso verano, nos viera tomar mate a las cinco de la tarde y café a la hora de la nube Magritte, sin hablar de la sinuosa guerra contra los tábanos y las arañas. Mi querida María Zambrano, que defiende amorosamente las diversas manifestaciones de Aracné, me perdonará si digo que esta tarde he aplicado un zapato y setenta y cinco kilos de peso sobre una araña negra que tendía a encaramarse por mi pantalón, maniobra con la cual conseguí desanimarla marcadamente. Desde luego los restos de la araña se han incorporado ya a los alimentos destinados al obispo de Evreux que se van amontonando en un rincón de la jaula donde un cabo de vela permite distinguir trozos de cordel, colillas de Gauloises, flores secas, caracoles, y otro montón de ingredientes que merecerían la aprobación del pintor Alberto Gironella aunque la jaula y el obispo le parecieran puro trabajo de aficionado. De todas maneras no podré colgar la jaula en el living; como la nube sobre Cazeneuve, quedará inquietamente suspendida sobre mi mesa de trabajo. Ya he encerrado al obispo: con dos llaves inglesas apreté el dogal de hierro que le ciñe el cuello, dejándole apenas un punto de apoyo para el pie derecho. La cadena que sostiene la jaula chirría cada vez que se abre la puerta de mi cuarto, y veo al obispo de frente, luego de tres cuartos, a veces de espaldas; la cadena tiende a fijar la jaula en una sola posición. Cuando llega la hora de comer y enciendo el cabo de vela, la sombra del obispo se proyecta en las paredes enjalbegadas; su lado mandrágora se acusa más en la sombra.

Como en Saignon hay muy pocos libros, apenas los ochenta o cien que leeremos durante el verano y los que compramos en la librería Dumas cuando bajamos a Apt el día de mercado, me faltan referencias sobre el obispo y no sé si estaba suelto o encadenado en la jaula. Prefiero tenerlo sujeto por el cuello en cuanto obispo, aunque me inquieta el tratamiento en cuanto mandrágora. Mi problema es más complicado que el de Luis XI, para el que solamente había problema episcopal; yo tengo obispo, mandrágora, y además las dos cosas son una tercera en forma de viejo sarmiento de unos quince centímetros de largo, con un enorme sexo confuso, una cabeza rematada en dos cuernos o antenas, y unos brazos que pudieron enlazar hipócritamente a un condenado a la rueda o a una criada que no desconfiaba suficientemente de los pajares. Me atengo al dogal y a una alimentación de raíz diabólica; para la mandrágora habrá cada tanto un platito de leche, sin contar que alguien me ha dicho que hay que acariciar las mandrágoras con una pluma para que estén contentas y derramen sus favores.

La ironía de la pregunta de mi mujer se me ha quedado un poco como la nube sobre Cazeneuve. ¿Y por qué no un libro de memorias? Si me diera la gana, ¿por qué no? Qué continente de hipócritas el sudamericano, qué miedo de que nos tachen de vanidosos y/o de pedantes. Si Robert Graves o Simone de Beauvoir hablan de sí mismos, gran respeto y acatamiento; si Carlos Fuentes o yo publicáramos nuestras memorias, nos dirían inmediatamente que nos creemos importantes. Una de las pruebas del subdesarrollo de nuestros países es la falta de **naturalidad** de sus escritores; la otra es la falta de humor, pues éste no nace sin naturalidad. La suma de naturalidad y de humor es lo que en otras sociedades da al escritor su personería; Graves y Beauvoir escriben sus memorias el mismísimo día que se les antoja, sin que ni a ellos ni a los lectores les parezca nada excepcional. Nosotros, tímidos productos de la autocensura y de la sonriente vigilancia de amigos y críticos, nos limitamos a escribir memorias vicarias, asomándonos a lo Frégoli desde nuestras novelas. Y si cualquier novelista hace siempre un poco eso, porque está en la naturaleza misma de las cosas, nosotros nos quedamos dentro, constituimos domicilio legal en nuestras novelas, y cuando salimos a la calle somos unos señores aburridos, preferentemente vestidos de azul oscuro. Vamos a ver: ¿por qué no escribiría yo mis memorias ahora que empieza mi crepúsculo, que he terminado la jaula del obispo y que soy culpable de un montoncito de libros que dan algún derecho a la primera persona del singular?

El problema lo resuelve Teodoro W. Adorno saltándome aviesamente sobre las rodillas con los consiguientes arañazos, porque mientras juego con él me olvido de las memorias y en cambio me gustaría aclarar que su nombre no le ha sido dado por ironía sino por el regocijo infinito que nos causan a mi mujer y a mí ciertas correspondencias argentinas. Ya antes de explicar esto se estará notando que me divierto mucho más hablando de Teodoro y de otros gatos o personas que de mí mismo. O de la mandrágora, si vamos al caso, de la que no se ha dicho casi nada.

Albert-Marie Schmidt. ☜ enseña que el Adán de los cabalistas no sólo fue expulsado del Edén sino que Jehovah, ese pajarito mandón, le negó a Eva. En un sueño Adán vio con tanta claridad la imagen de la mujer amada que el deseo hizo lo suyo y la simiente del primer hombre cayó a tierra y dio origen a una planta que tomó forma humana. En la Edad Media (y en el cine alemán) se insinúa la creencia de que la mandrágora es fruto de patíbulo, del siniestro espasmo final del ahorcado. Hacía falta un cronopio de larguísimas antenas para tender el puente entre versiones tan disímiles. Jesús, ¿no es **el nuevo Adán,** no fue **colgado de un leño** como se dice en los Hechos de los Apóstoles? La decencia cristiana escamoteó —literalmente— la raíz de la creencia, que se degradó hasta el nivel de un cuento de Grimm, el del adolescente virgen injustamente ahorcado a cuyos pies nace la mandrágora; pero ese adolescente es el Cristo, y su fruto involuntario llena el folklore a falta de mejor descendencia.

---

☞ La mandragore, **Flammarion, París, cap. III.**

# Más sobre gatos y filósofos

Qué suerte excepcional la de ser un sudamericano y especialmente un argentino que no se cree obligado a escribir en serio, a ser serio, a sentarse ante la máquina con los zapatos lustrados y una sepulcral noción de la gravedad-del-instante. Entre las frases que más amé premonitoriamente en la infancia figura la de un condiscípulo: «¡Qué risa, todos lloraban!» Nada más cómico que la seriedad entendida como valor previo a toda literatura importante (otra noción infinitamente cómica cuando es presupuesta), esa seriedad del que escribe como quien va a un velorio por obligación o le da una friega a un cura. Sobre este tema de los velorios tengo que contar algo que le escuché una vez al doctor Alejandro Gancedo, pero primero me vuelvo al gato porque ya es hora de explicar por qué se llama Teodoro. En una novela que se está cocinando a fuego lento había un pasaje que suprimí (en esa novela ya se verá que he suprimido tantas cosas que, como diría Macedonio, si suprimo una más no cabe), y en ese pasaje tres argentinos nada serios ni importantes discutían el problema de los suplementos dominicales de los diarios porteños y temas conexos en la forma siguiente:

Tal vez ya se nombró a un gato negro; es tiempo de indicar que se llamaba Teodoro en homenaje indirecto al pensador alemán, y que el nombre se lo habían puesto Juan, Calac y Polanco después de prolijas glosas sobre los materiales literarios que algunas tías fieles les mandaban desde el Río de la Plata y en los que algunos sociólogos hechos más bien a dedo abundaban en citas del célebre Adorno, cuyo vistoso apellido parecían querer aprovechar literalmente cosa de que sus ensayos les quedaran padre. Se estaba en un tiempo en que casi todos los artículos de ese tipo aparecían constelados de citas de Adorno y también de Wittgenstein, razón por la cual Polanco había insistido en que el gato merecía que lo bautizaran **Tractatus,** moción mal recibida por Calac, Juan y el mismo gato que en cambio no parecía nada deprimido por llamarse Teodoro.

Según Polanco que era el más viejo, veinte años atrás y por razones análogas el gato habría tenido que llamarse Rainer María, un poco más tarde Albert o William —averigua, averiguador—, y posteriormente Saint-John Perse (gran nombre para un gato, si se lo mira bien) o Dylan. Agitando viejos recortes de periódicos patrios ante los ojos estupefactos de Juan y de Calac, era capaz de demostrar incontrovertiblemente que los sociólogos colaboradores en esas columnas debían ser en el fondo el mismo sociólogo, y que lo único que iba cambiando a lo largo de los años eran las citas, es decir que lo importante era estar a la moda en esa materia y evitar-so-pena-de-descrédito toda mención de autores ya usados en el decenio anterior. Pareto, mala palabra. Durkheim, cursilería. Apenas llegaban los recortes, los tres tártaros averiguaban en seguida de qué se había ocupado en esas semanas el sociólogo, sin que los preocuparan las diversas firmas al pie de los artículos puesto que lo único interesante era descubrir cada tantos centímetros la cita de Wittgenstein o de Adorno sin lo cual no había artículo concebible. «Esperá un cacho —decía Polanco—, vas a ver qué pronto le toca el turno a Lévi-Strauss si es que ya no empezó, y entonces agárrense fuerte, pibes.» Juan se acordaba de paso que los **blue-jeans** más prestigiosos en los USA eran fabricados por un tal Levy-Strauss, pero Calac y Polanco le hacían notar que se estaba saliendo de la cuestión y los tres pasaban entonces a investigar las últimas actividades de la gorda.

Lo de la gorda era propiedad casi exclusiva de Calac, que se sabía de memoria docenas de sonetos de la celebrada poeta y los recitaba intercambiando cuartetos y tercetos sin que nadie se diera cuenta de la diferencia, así como el hecho de que la gorda del domingo 8 tuviera dos apellidos y la del 29 uno solo no alteraba para nada la evidencia de que había una sola gorda que habitaba en diversas mansiones bajo diversos nombres y esposos, pero que de una manera que no dejaba de ser conmovedora escribía siempre el mismo soneto o casi. «Es pura fantaciencia —decía Calac—, en esos diarios están entrando en mutación, che, hay un protoplasma múltiple que todavía ignora que podría vivir pagando un solo alquiler. Los investigadores deberían provocar el encuentro nada fortuito del Sociólogo y de la Gorda para ver si se enciende la chispa genética y damos un terrible salto adelante.» Desde luego a Teodoro todo eso lo tenía bastante sin cuidado mientras le pusieran su taza de leche tibia al lado de la cama de Calac, que era el ágora donde se estudiaban esos problemas del destino sudamericano.

# Julios en acción

A lo largo del siglo XIX, el refugio en la metafísica era el recurso mayor frente al **timor mortis,** las miserias del **hic et nunc** y el sentimiento del absurdo por el que nos definimos y definimos el mundo. Entonces vino Jules Laforgue, que en un sentido se adelantó como cosmonauta al otro Jules, y mostró un recurso más sencillo: ¿para qué la vaporosa metafísica cuando teníamos a mano la física palpable? En una época en que todo sentimiento operaba como un bumerang, Laforgue lanzó el suyo como una jabalina contra el sol, contra el desesperante

## Encore a cet astre

**Espèce de soleil! tu songes: —Voyez-les,**
**Ces pantins morphinés, buveurs de lait d'anêsse**
**Et de café; sans trêve, en vain, je leur caresse**
**L'échine de mes feux, ils vont étioles!—**

**—Eh! c'est toi, qui n'as plus que des rayons gelés!**
**Nous, nous mais nous crevons de santé, de jeunesse!**
**C'est vrai, la Terre n'est qu'une vaste kermesse,**
**Nos hourrahs de gaîté courbent au loin les blés.**

**Toi seul, claques des dents, car tes taches accrues**
**Te mangent, ô Soleil, ainsi que des verrues**
**Un vaste citron d'or, et bientôt, blond moqueur,**

**Aprés tant de couchants dans la pourpre et la gloire,**
**Tu seras en risée aux étoiles sans coeur,**
**Astre jaune et grêlé, flamboyante écumoire!**

Dicho sea al pasar (pero en un paso privilegiado), en 1911 Marcel Duchamp hizo un dibujo para este poema, de donde habría de salir su **Nu descendant un escalier.** Normalísima secuencia patafísica.

misterio cósmico. Que estaba en lo cierto lo ha probado el tiempo: en el siglo XX nada puede curarnos mejor del antropocentrismo autor de todos nuestros males que asomarse a la física de lo infinitamente grande (o pequeño). Con cualquier texto de divulgación científica se recobra vivamente el sentimiento del absurdo, pero esta vez es un sentimiento al alcance de la mano, nacido de cosas tangibles o demostrables, casi consolador. Ya no hay que creer porque es absurdo, sino que es absurdo porque hay que creer.

Mis eruditas lecturas del correo científico de **Le Monde** (sale los jueves) tienen además la ventaja de que en vez de sustraerme al absurdo me incitan a aceptarlo como el modo natural en que se nos da una realidad inconcebible. Y esto ya no es lo mismo que aceptar la realidad aunque se la crea absurda, sino sospechar en el absurdo un desafío que la física ha recogido sin que pueda saberse cómo y en qué va a terminar su loca carrera por el doble túnel del tele y del microscopio (¿será realmente doble ese túnel?).

Quiero decir que un claro sentimiento del absurdo nos **sitúa** mejor y más lúcidamente que la seguridad de raíz kantiana según la cual los fenómenos son mediatizaciones de una realidad inalcanzable pero que de todas maneras les sirve de garantía por un año contra toda rotura. Los cronopios tienen desde pequeños una noción sumamente constructiva del absurdo, por lo cual les produce gran sobresalto ver cómo los famas se quedan tan tranquilos cuando leen una noticia como la siguiente: **La nueva partícula elemental («N. Asterisco 3245») posee una vida relativamente más larga que la de las otras partículas conocidas, aunque sólo alcanza a un milésimo de millonésimo de millonésimo de millonésimo de segundo. (Le Monde,** jueves 7 de julio de 1966).

—Che Coca —dice el fama después de leer esta información—, alcanzame los zapatos de gamuza que esta tarde tengo una reunión importantísima en la Sociedad de Escritores. Se va a discutir la cuestión de los juegos florales en Curuzú Cuatiá y ya estoy veinte minutos atrasado.

A todo esto varios cronopios se han excitado enormemente porque acaban de enterarse de que a lo mejor el universo es asimétrico, lo que va en contra de la más ilustre de todas las ideas recibidas. Un investigador llamado Paolo Franzini, y su mujer Juliet Lee Franzini (¿se ha advertido cómo a partir de un Julio que redacta y otro Julio que diseña se van incorporando aquí dos Jules y ahora una Juliet, a base de una noticia aparecida un 7 de julio?) saben muchísimo sobre el mesón eta neutro, que salió del anonimato poco ha y que tiene la curiosa particularidad de ser su propia anti-partícula. Apenas se lo descompone, el mesón produce tres pi-mesones de los cuales uno es neutro, pobrecito, y los otros dos son positivo y negativo respectivamente para enorme tranquilidad de todo el mundo. Hasta que (los Franzini de por medio) se descubre que la conducta de los dos pi-mesones no es simétrica; la armoniosa noción de que la antimateria es el reflejo exacto de la materia se pincha como un globito. ¿Qué va a ser de nosotros? Los Franzini no se han asustado en absoluto; está muy bien que los dos pi-mesones sean hermanos enemigos, porque eso ayuda a reconocerlos e identificarlos. Hasta la física tiene sus Talleyrand.

Los cronopios sienten pasar por sus orejas el viento del vértigo cuando leen al final de la noticia: «Así, gracias a esa asimetría, podrá llegarse quizá a la identificación de los cuerpos celestes compuestos de antimateria, siempre que esos cuerpos existan como pretenden algunos basándose en las irradiacio-

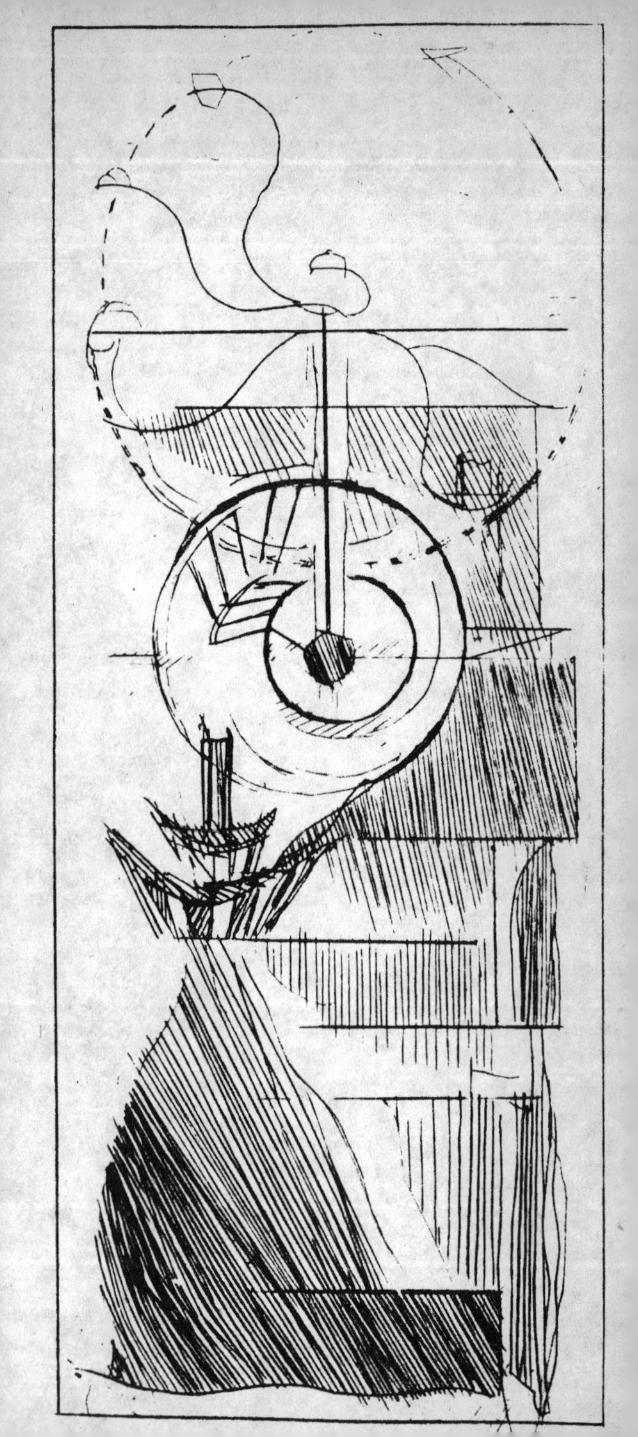

nes que emiten.» Y siempre el jueves, siempre **Le Monde,** siempre algún Julio a tiro.

En cuanto a los famas, ya lo dijo Laforgue desde una de sus cabinas espaciales:

**La plupart vit et meurt sans soupçonner l'historie**
**Du globe, sa misère en l'éternelle gloire,**
**Sa future agonie au soleil moribond.**

**Vertiges d'univers, cieux à jamais en fête!**
**Rien, ils n'auront rien su. Combien même s'en vont**
**Sans avoir seulement visité leur planète.**

P.S. Cuando anoté: «Normalísima secuencia patafísica» luego de indicar ese enlace Laforgue-Duchamp, que de una manera u otra me envuelve siempre, no imaginaba que una vez más tendría **pasaje** al mundo de los grandes transparentes. La misma tarde (11/12/1966), después de trabajar en este texto, decidí visitar una exposición dedicada a Dada. El primer cuadro que vi al entrar fue el **Nu descendant un escalier,** enviado especialmente a París por el museo de Filadelfia.



◀ MARCEL DUCHAMP: **Moulin à café.**

# Del sentimiento de no estar del todo

**Jamais réel et toujours vrai**
(En un dibujo de Antonin Artaud)

Siempre seré como un niño para tantas cosas, pero uno de esos niños que desde el comienzo llevan consigo al adulto, de manera que cuando el monstruito llega verdaderamente a adulto ocurre que a su vez éste lleva consigo al niño, y **nel mezzo del camin** se da una coexistencia pocas veces pacífica de por lo menos dos aperturas al mundo.

Esto puede entenderse metafóricamente pero apunta en todo caso a un temperamento que no ha renunciado a la visión pueril como precio de la visión adulta, y esa yuxtaposición que hace al poeta y quizá al criminal, y también al cronopio y al humorista (cuestión de dosis diferentes, de acentuación aguda o esdrújula, de elecciones: ahora juego, ahora mato) se manifiesta en el sentimiento de no estar del todo en cualquiera de las estructuras, de las telas que arma la vida y en las que somos a la vez araña y mosca.

Mucho de lo que he escrito se ordena bajo el signo de la **excentricidad,** puesto que entre vivir y escribir nunca admití una clara diferencia; si viviendo alcanzo a disimular una participación parcial en mi circunstancia, en cambio no puedo negarla en lo que escribo puesto que precisamente escribo por no estar o por estar a medias. Escribo por falencia, por descolocación; y como escribo desde un intersticio, estoy siempre invitando a que otros busquen los suyos y miren por ellos el jardín donde los árboles tienen frutos que son, por supuesto, piedras preciosas. El monstruito sigue firme.

Esta especie de constante lúdica explica, si no justifica, mucho de lo que he escrito o he vivido. Se reprocha a mis novelas —ese juego al borde del balcón, ese fósforo al lado de la botella de nafta, ese revólver cargado en la mesa de luz— una búsqueda intelectual de la novela misma, que sería así como un continuo comentario de la acción y muchas veces la acción de un comentario. Me aburre argumentar a posteriori que a lo largo de esa dialéctica mágica un hombre-niño está luchando por rematar el juego de su vida: **que sí, que no, que en ésta está.** Porque un juego, bien mirado, ¿no es un proceso que parte de una descolocación para llegar a una colocación, a un emplazamiento —gol, jaque mate, piedra libre? ¿No es el cumplimiento de una ceremonia que marcha hacia la fijación final que la corona?

El hombre de nuestro tiempo cree fácilmente que su información filosófica e histórica lo salva del realismo ingenuo. En conferencias universitarias y en charlas de café llega a admitir que la realidad no es lo que parece, y está siempre dispuesto a reconocer que sus sentidos lo engañan y que su inteligencia le fabrica una visión tolerable pero incompleta del mundo. Cada vez que piensa metafísicamente se siente «más triste y más sabio», pero su admisión es momentánea y

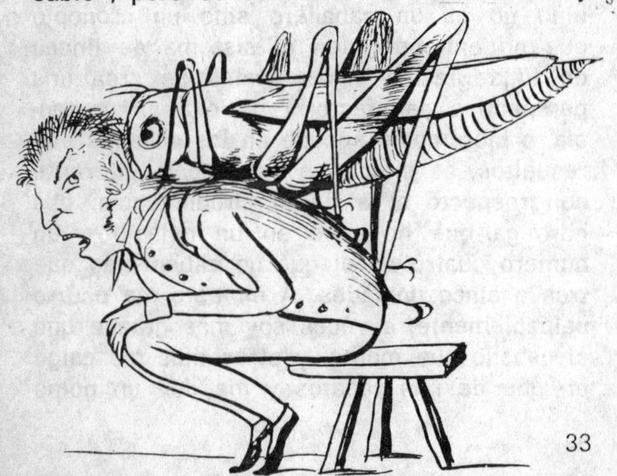

excepcional mientras que el continuo de la vida lo instala de lleno en la apariencia, la concreta en torno de él, la viste de definiciones, funciones y valores. Ese hombre es un ingenuo realista más que un realista ingenuo. Basta observar su comportamiento frente a lo excepcional, lo insólito; o lo reduce a fenómeno estético o poético («era algo realmente surrealista, te juro») o renuncia en seguida a indagar en la entrevisión que han podido darle un sueño, un acto fallido, una asociación verbal o causal fuera de lo común, una coincidencia turbadora, cualquiera de las instantáneas fracturas del continuo. Si se lo interroga, dirá que no cree del todo en la realidad cotidiana y que sólo la acepta pragmáticamente. Pero vaya si cree, es en lo único que cree. Su sentido de la vida se parece al mecanismo de su mirada. A veces tiene una efímera conciencia de que cada tantos segundos los párpados interrumpen la visión que su conciencia ha decidido entender como permanente y continua; pero casi de inmediato el pestañeo vuelve a ser inconsciente, el libro o la manzana se fijan en su obstinada apariencia. Hay como un acuerdo de caballeros entre la circunstancia y los circunstanciados: tú no me sacas de mis costumbres, y yo no te ando escarbando con un palito. Pero ahora pasa que el hombre-niño no es un caballero sino un cronopio que no entiende bien el sistema de líneas de fuga gracias a las cuales se crea una perspectiva satisfactoria de esa circunstancia, o bien, como sucede en los **collages** mal resueltos, se siente en una escala diferente con respecto a la de la circunstancia, una hormiga que no cabe en un palacio o un número cuatro en el que no caben más que tres o cinco unidades. A mí esto me ocurre palpablemente, a veces soy más grande que el caballo que monto, y otros días me caigo en uno de mis zapatos y me doy un golpe terrible, sin contar el trabajo para salir, las escalas fabricadas nudo a nudo con los cordones y el terrible descubrimiento, ya en el borde, de que alguien ha guardado el zapato en un ropero y que estoy peor que Edmundo Dantés en el castillo de If porque ni siquiera hay un abate a tiro en los roperos de mi casa.

Y me gusta, y soy terriblemente feliz en mi infierno, y escribo. Vivo y escribo amenazado por esa lateralidad, por ese **paralaje verdadero,** por ese estar siempre un poco más a la izquierda o más al fondo del lugar donde se debería estar para que todo cuajara satisfactoriamente en un día más de vida sin conflictos. Desde muy pequeño asumí con los dientes apretados esa condición que me dividía de mis amigos y a la vez los atraía hacia el raro, el diferente, el que metía el dedo en el ventilador. No estaba privado de felicidad; la única condición era coincidir de a ratos (el camarada, el tío excéntrico, la vieja loca) con otro que tampoco calzara de lleno en su matrícula, y desde luego no era fácil; pero pronto descubrí los gatos, en los que podía imaginar mi propia condición, y los libros donde la encontraba de lleno. En esos años hubiera podido decirme los versos quizá apócrifos de Poe:

**From childhood's hour I have not been**
**As others were; I have not seen**
**As others saw; I could not bring**
**My passions from a common spring—**

Pero lo que para el virginiano era un estigma (luciferino, pero por ello mismo monstruoso) que lo aislaba y condenaba,

**And all I loved, I loved alone**

no me divorció de aquellos cuyo redondo universo sólo tangencialmente compartía. Hipócrita sutil, aptitud para todos los mimetismos, ternura que rebasaba los límites y me los disimulaba; las sorpresas y las aflicciones de la primera edad se teñían de ironía amable. Me acuerdo: a los once años presté a un camarada **El secreto de Wilhelm Storitz,** donde Julio Verne me proponía como siempre un comercio natural y entrañable con una realidad nada desemejante a la cotidiana. Mi amigo me devolvió el libro: «No lo terminé, es demasiado fantástico.» Jamás renunciaré a la sorpresa escandalizada de ese minuto. ¿Fantástica, la invisibilidad de un hombre? Entonces, ¿sólo en el fútbol, en el café con leche, en las primeras confidencias sexuales podíamos encontrarnos?

Adolescente, creí como tantos que mi continuo extrañamiento era el signo anunciador del poeta, y escribí los poemas que se escriben entonces y que siempre son más fáciles de escribir que la prosa a esa altura de la vida que repite en el individuo las fases de la literatura. Con los años descubrí que si todo poeta es un extrañado, no todo extrañado es poeta en la acepción genérica del término. Entro aquí en terreno polémico, recoja el guante quien quiera. Si por poeta entendemos funcionalmente al que escribe poemas, la razón de que los escriba (no se discute la calidad) nace de que su extrañamiento como persona suscita siempre un mecanismo de **challenge and response;** así, cada vez que el poeta es sensible a su lateralidad, a su situación extrínseca en una realidad aparentemente intrínseca, reacciona poéticamente (casi diría profesionalmente, sobre todo a partir de su madurez técnica); dicho de otra manera, escribe poemas que son como petrificaciones de ese extrañamiento, lo que el poeta ve o siente en lugar de, o al lado de, o por debajo de, o en contra de, remitiendo este **de** a lo que los demás ven tal como creen que es, sin desplazamiento ni crítica interna. Dudo de que exista un solo gran poema que no haya nacido de esa extrañeza o que no la traduzca; más aún, que no la active y la potencie al sospechar que es precisamente la zona intersticial por donde cabe **acceder.** También el filósofo se extraña y se descoloca deliberadamente para descubrir las fisuras de lo aparencial, y su búsqueda nace igualmente de un **challenge and response;** en ambos casos, aunque los fines sean diferentes, hay una respuesta instrumental, una actitud técnica frente a un objeto definido.

Pero ya se ha visto que no todos los extrañados son poetas o filósofos profesionales. Casi siempre empiezan por serlo o por querer serlo, pero llega el día en que se dan cuenta de que no pueden o que no están obligados a esa **response** casi fatal que es el poema o la filosofía frente al **challenge** del extrañamiento. Su actitud se vuelve defensiva, egoísta si se quiere puesto que se trata de preservar por sobre todo la lucidez, resistir a la solapada deformación que la cotidianeidad codificada va montando en la conciencia con la activa participación de la inteligencia razonante, los medios de información, el hedonismo, la arterioesclerosis y el matrimonio **inter alia.** Los humoristas, algunos anarquistas, no pocos criminales y cantidad de cuentistas y novelistas se sitúan en este sector poco definible en el que la condición de extrañado no acarrea necesariamente una respuesta de orden poético. Estos poetas no profesionales sobrellevan su desplazamiento con mayor naturalidad y menor brillo, y hasta podría decirse que su noción del extrañamiento es lúdica por comparación con la respuesta lírica o trágica del poeta. Mientras éste libra siempre un combate, los extrañados a secas se integran en la excentricidad hasta un punto en que lo excepcional de esa condición, que suscita el **challenge** para el poeta o el filósofo, tiende a volverse condición natural del sujeto extrañado, que así lo ha querido y que por eso ha ajustado su conducta a esa aceptación paulatina. Pienso en Jarry, en un lento comercio a base de humor, de ironía, de familiaridad, que termina por inclinar la balanza del lado de las excepciones, por anular la diferencia escandalosa entre lo sólito y lo insólito, y permite el paso cotidiano, sin **response** concreta porque ya no hay **challenge,** a un plano que a falta de mejor nombre seguiremos llamando realidad pero sin que sea ya un **flatus vocis** o un peor es nada.

## Volviendo a Eugenia Grandet

Tal vez ahora se comprenda mejor algo de lo que quise hacer en lo que llevo escrito, para liquidar un malentendido que acrecienta injustamente las ganancias de las casas Waterman y Pelikan. Los que me reprochan escribir novelas donde casi continuamente se pone en duda lo que acaba de afirmarse o se afirma empecinadamente toda razón de duda, insisten en que lo más aceptable de mi literatura son algunos cuentos donde se advierte una creación unívoca, sin miradas hacia atrás o paseítos hamletianos dentro de la estructura misma de lo narrado. A mí se me hace que esta distinción taxativa entre dos maneras de escribir no se funda tanto en las razones o los logros del autor como en la comodidad del que lee. Para qué volver sobre el hecho sabido de que cuanto más se parece un libro a una pipa de opio más satisfecho queda el chino que lo fuma, dispuesto a lo sumo a discutir la calidad del opio pero no sus efectos letárgicos. Los partidarios de esos cuentos pasan por alto que la anécdota de cada relato es también un testimonio de extrañamiento, cuando no una provocación tendiente a suscitarla en el lector. Se ha dicho que en mis relatos lo fantástico se desgaja de lo «real» o se inserta en él, y que ese brusco y casi siempre inesperado desajuste entre un satisfactorio horizonte razonable y la irrupción de lo insólito es lo que les da eficacia como materia literaria. Pero entonces, ¿qué importa que en esos cuentos se narre sin solución de continuidad una acción capaz de seducir al lector, si lo que subliminalmente lo seduce no es la unidad del proceso narrativo sino la disrupción en plena apariencia unívoca? Un eficaz oficio puede avasallar al lector sin darle oportunidad de ejercer su sentido crítico en el curso de la lectura, pero no es por el oficio que

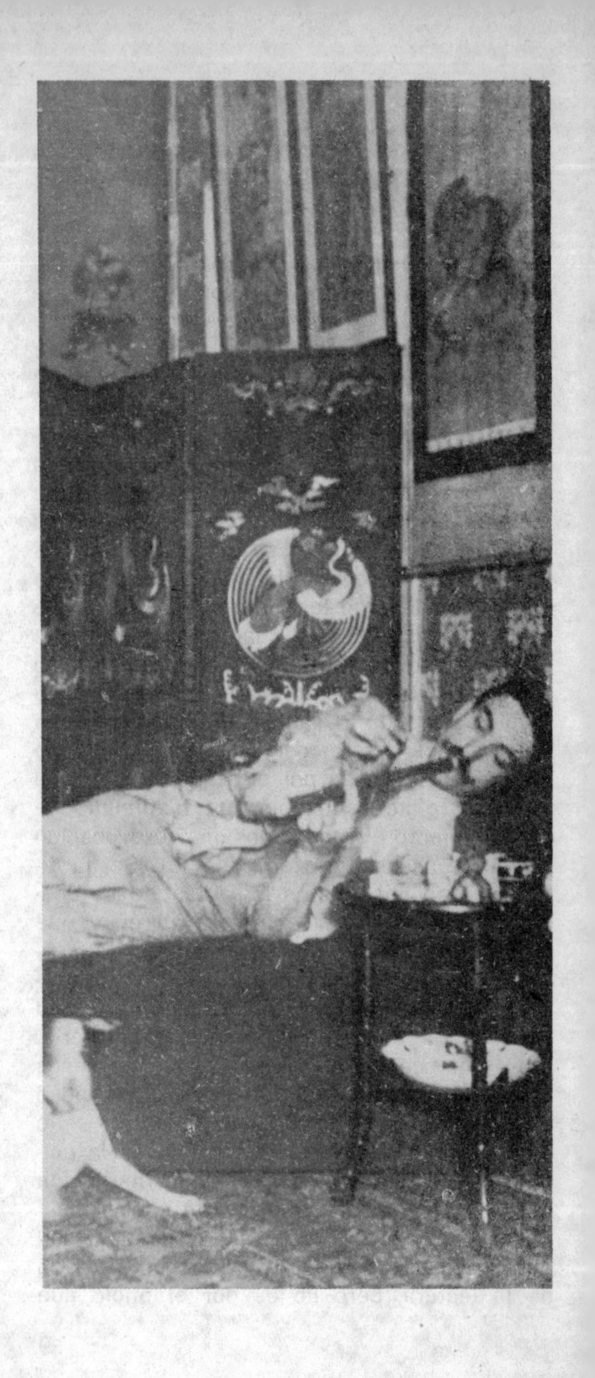

esas narraciones se distinguen de otras tentativas; bien o mal escritas, son en su mayoría de la misma estofa que mis novelas, aperturas sobre el extrañamiento, instancias de una descolocación desde la cual lo sólito cesa de ser tranquilizador porque nada es sólito apenas se lo somete a un escrutinio sigiloso y sostenido. Preguntarle a Macedonio, a Francis Ponge, a Michaux.

Alguien dirá que una cosa es mostrar un extrañamiento tal como se da o como cabe parafrasearlo literariamente, y otra muy distinta debatirlo en un plano dialéctico como suele ocurrir en mis novelas. En tanto lector, tiene pleno derecho a preferir uno u otro vehículo, optar por una participación o por una reflexión. Sin embargo, debería abstenerse de criticar la novela en nombre del cuento (o a la inversa si hubiera alguien tentado de hacerlo) puesto que la actitud central sigue siendo la misma y lo único disímil son las perspectivas en que se sitúa el autor para multiplicar sus posibilidades intersticiales. **Rayuela** es de alguna manera la filosofía de mis cuentos, una indagación sobre lo que determinó a lo largo de muchos años su materia o su impulso. Poco o nada reflexiono al escribir un relato; como ocurre con los poemas, tengo la impresión de que se hubieran escrito a sí mismos y no creo jactarme si digo que muchos de ellos participan de esa suspensión de la contingencia y de la incredulidad en las que Coleridge veía las notas privativas de la más alta operación poética. Por el contrario, las novelas han sido empresas más sistemáticas, en las que la enajenación de raíz poética sólo intervino intermitentemente para llevar adelante una acción demorada por la reflexión. ¿Pero se ha advertido lo bastante que esa reflexión participa menos de la lógica que de la mántica, que no es tanto dialéctica como asociación verbal o imaginativa? Lo que llamo aquí reflexión merecería quizá otro nombre o en todo caso otra connnotación; también Hamlet reflexiona sobre su acción o su inacción, también el Ulrich de Musil o el cónsul de Malcolm Lowry. Pero es casi fatal que esos altos en la hipnosis, en los que el autor reclama una vigilia activa del lector, sean recibidos por los clientes del fumadero con un considerable grado de consternación.

Para terminar: también a mí me gustan esos capítulos de **Rayuela** que los críticos han coincidido casi siempre en subrayar: el concierto de Berthe Trépat, la muerte de Rocamadour. Y sin embargo no creo que en ellos esté ni por asomo la justificación del libro. No puedo dejar de ver que, fatalmente, quienes elogian esos capítulos están elogiando un eslabón más dentro de la tradición novelística, dentro de un terreno familiar y ortodoxo. Me sumo a los pocos críticos que han querido ver en **Rayuela** la denuncia imperfecta y desesperada del **establishment** de las letras, a la vez espejo y pantalla del otro **establishment** que está haciendo de Adán, cibernética y minuciosamente, lo que delata su nombre apenas se lo lee al revés: nada.

# Tema para San Jorge

Cada tanto a López le toca volver a trabajar porque ha descubierto que el dinero tiene una desagradable propensión a irse encogiendo, y que de golpe un grande y hermoso billete de cien francos sale del bolsillo reducido a uno de cincuenta y cuando menos se piensa éste se achica a uno de diez, tras de lo cual ocurre una cosa horrible y es que el bolsillo pesa mucho más y hasta se oye un tintineo simpático, pero esas agradables manifestaciones proceden tan sólo de unas pocas monedas de un franco y ahí te quiero ver. De manera que este pobre sujeto prorrumpe en cavernosos suspiros y firma un contrato de un mes con cualquiera de las empresas para las que ya tantas veces ha trabajado temporariamente, y el lunes 5 del 7 del 66 vuelve a entrar exactamente a las 9 a.m. en la sección 18, piso 4, escalera 2, y paf se topa con el monstruo amable.

Desde luego no es fácil aceptar la realidad del monstruo amable puesto que en primer lugar no hay allí ningún monstruo, qué va a haber un monstruo allí donde el jefe y los compañeros de oficina lo reciben con abrazos y cada uno le cuenta las novedades y le ofrece cigarrillos. La presencia del monstruo es otra cosa, algo que se impone como en diagonal o desde el reverso de lo que va sucediendo ese día y los siguientes, y él tiene que admitirlo aunque nadie lo haya visto nunca porque precisamente ese monstruo es un monstruo en cuanto no es, en cuanto está ahí como una nada viva, una especie de vacío que abarca y posee y escuchá lo que me pasó anoche, López, resulta que mi señora. Es así como casi en seguida se sabe del monstruo porque es increíble, pibe, prometieron un reajuste para febrero y ahora vas a ver lo que pasa, resulta que el Ministerio.

Si hubiera que demarcarlo, irle echando un talco de palabras para discernir su forma y sus límites, a lo mejor entrarían cosas como la pipa de Suárez, la tos que cada tantos minutos sale del despacho de la señora Schmidt, el perfume alimonado de Miss Roberts, los chistes de Toguini (¿te conté el del japonés?), esa manera de subrayar las frases con golpecitos del lápiz sobre la mesa que da a la prosa del doctor Uriarte una calidad de sopa batida con metrónomo. Y también la luz despojada de árboles y nubes que arrastra un plumaje mutilado por los cristales polaroid de las ventanas, el carrito del café y las medialunas a las diez y cuarenta, el ceniciento fluir de las carpetas de expedientes. Nada de eso es realmente el monstruo, o sí pero como una manifestación insignificante de su presencia, como las huellas de sus patas o sus excrementos o un bramido lejano. Y sin embargo el monstruo vive de la pipa o la tos o los golpecitos del lápiz, de cosas así se componen su sangre y su carácter, sobre todo su carácter porque López ha terminado por darse cuenta de que el monstruo es diferente de otros monstruos que también conoce, todo depende de cómo cuaja el monstruo, de qué toses o ventanas o cigarros circulan por sus venas. Si alguna vez supuso que el monstruo era siempre el mismo, algo ubicuo y fatal, le bastó trabajar en diferentes empresas para descubrir que había más de uno, aunque en cierto modo todos fueran siempre el monstruo en la medida en que el monstruo sólo se dejaba reconocer por él mientras sus colegas de oficina no parecían advertir su presencia. López ha llegado a darse cuenta de que el monstruo de la Place Azincourt, el de la Villa Calvin y el de Vindobona Street difieren en oscuras cualidades e intenciones y tabacos. Sabe por ejemplo que el de la Plaze Azincourt es gárrulo y buen muchacho, un monstruo amable si se quiere, un monstruito siempre revolcándose un poco y dispuesto a la travesura y al olvido, un monstruo como ya no se usan casi, mientras el de Vindobona Street es agrio y seco, parece a disgusto consigo mismo y respira rastacuerismo y gadgets, es un monstruo resentido y desdichado. Y ahora una vez más López ha entrado en una de las empresas que lo contratan, y sentado ante un escritorio cubierto de papeles ha sentido poco a poco, entornando los ojos mientras fuma y escucha las anécdotas de sus colegas, la lenta inexorable indescriptible coagulación del monstruo que esperaba su regreso para verdaderamente ser, para despertar e

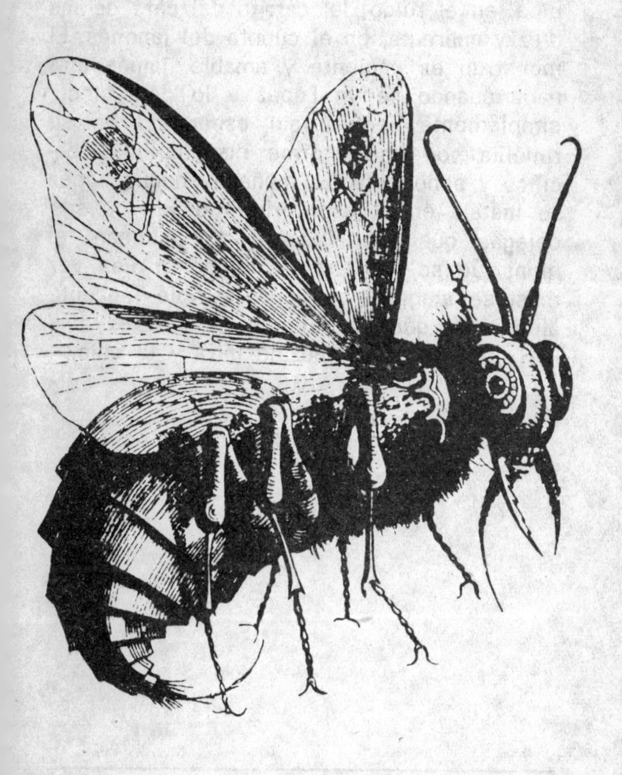

hincharse con todas sus escamas y sus pipas y sus toses. Por un rato todavía le parece irrisorio que el monstruo lo haya estado esperando para empezar una vez más a vivir, que lo haya estado esperando a él que es el único que lo detesta y lo teme, que lo haya estado esperando precisamente a él y no a cualquiera de esos colegas que no saben de su existencia y aunque la supieran se quedarían tan tranquilos, pero también podría suceder que sea por eso que el monstruo no existe cuando sólo están ellos y falta López. Todo le parece tan absurdo que quisiera estar lejos y no tener que trabajar, pero es inútil porque su ausencia no matará al monstruo que seguirá esperando en el humo de la pipa, en el ruido del carrito del café de las diez y cuarenta, en el cuento del japonés. El monstruo es paciente y amable, jamás dirá nada cuando se va López y lo deja ciego, simplemente seguirá allí esperando en su tiniebla con una enorme disponibilidad pacífica y soñolienta. La mañana en que López se instale en el escritorio, rodeado de sus colegas que lo saludan y lo palmean, el monstruo se alegrará de despertar una vez más, se alegrará con una horrible inocente alegría de que sus ojos sean una vez más los ojos con que López lo mira y lo odia.

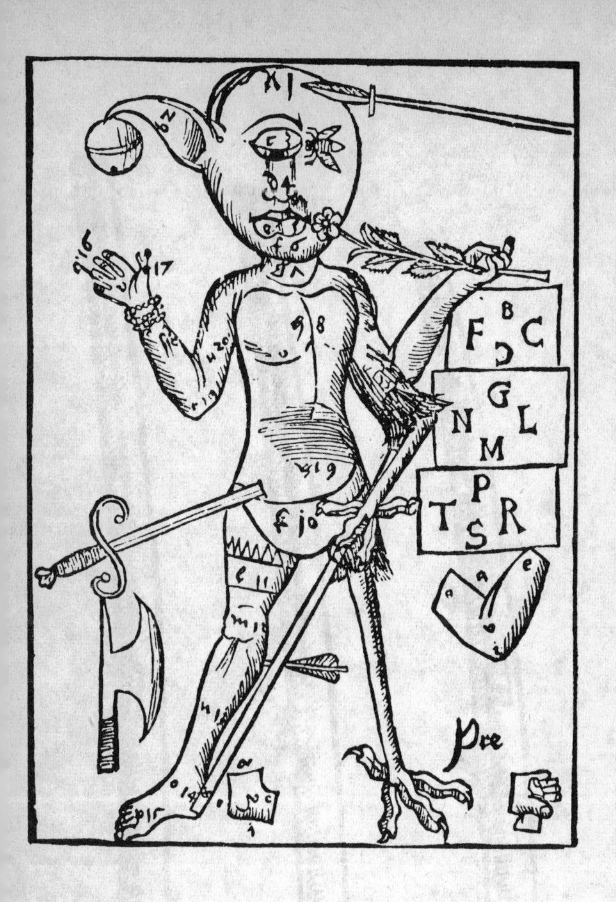
B
F C
G
N L
M
P
T R
S

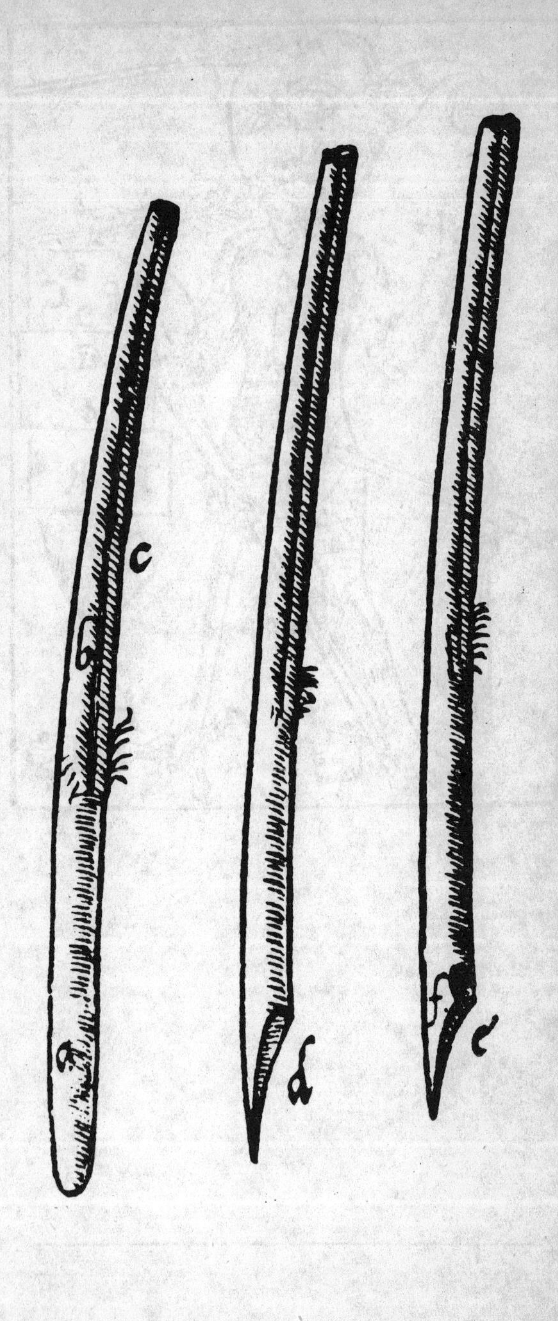
c
d

# Grave problema argentino: Querido amigo, estimado, o el nombre a secas

Usted se reirá, pero es uno de los problemas argentinos más difíciles de resolver. Dado nuestro carácter (problema central que dejamos por esta vez a los sociólogos) el encabezamiento de las cartas plantea dificultades hasta ahora insuperables. Concretamente, cuando un escritor tiene que escribirle a un colega de quien no es amigo personal, y ha de combinar la cortesía con la verdad, ahí empieza el crujir de plumas. Usted es novelista y tiene que escribirle a otro novelista; usted es poeta, e ídem; usted es cuentista. Toma una hermosa hoja de papel, y pone: «Señor Oscar Frumento, Garabato 1787, Buenos Aires.» Deja un buen espacio (las cartas ventiladas son las más elegantes) y se dispone a empezar. No tiene ninguna confianza con Frumento; no es amigo de Frumento; él es novelista y usted también; en realidad usted es mejor novelista que él, pero no cabe duda de que él piensa lo contrario. A un señor que es un colega pero no un amigo no se le puede decir: «Querido Frumento.» No se le puede decir por la sencilla razón de que usted no lo quiere a Frumento. Ponerle querido es casi lascivo, en todo caso una mentira que Frumento recibirá con una sonrisa tetánica. La gran solución argentina parece ser, en esos casos, escribir: «Estimado Frumento.» Es más distante, más objetivo, prueba un sentimiento cordial y un reconocimiento de valores. Pero si usted le escribe a Frumento para anunciarle que por paquete postal le envía su último libro, y en el libro ha puesto una dedicatoria en la que se habla de admiración (es de lo que más se habla en las dedicatorias), ¿cómo lo va a tratar de estimado en la carta? Estimado es un término que rezuma indiferencia, oficina, balance anual, desalojo, ruptura de relaciones, cuenta del gas, cuota del sastre. Usted piensa desesperadamente en una alternativa y no la encuentra; en la Argentina somos queridos o estimados y sanseacabó. Hubo una época (yo era joven y usaba rancho de paja) en que muchas cartas empezaban directamente después del lugar y la fecha; el otro día encontré una, muy amarillita la pobre, y me pareció un monstruo, una abominación. ¿Cómo le vamos a escribir a Frumento sin primero identificarlo (Frumento) y luego calificarlo (querido/estimado)? Se comprende que el sistema de mensaje directo haya caído en desuso o quede reservado únicamente para esas cartas que empiezan: «Un canalla como usted, etc.», o «Le doy 3 días para abonar el alquiler», cosas así. Más se piensa, menos se ve la posibilidad de una tercera posición entre querido y estimado; de algo hay que tratarlo a Frumento, y lo primero es mucho y lo segundo frigidaire.

Variantes como «apreciado» y «distinguido» quedan descartadas por tilingas y cursis. Si uno le llama «maestro» a Frumento, es capaz de creer que le está tomando el pelo. Por más vueltas que le demos, se vuelve a caer en querido o estimado. Che, ¿no se podría inventar otra cosa? Los argentinos necesitamos que nos desalmidonen un poco, que nos enseñen a escribir con naturalidad: «Pibe Frumento, gracias por tu último libro», o con afecto: «Ñato, qué novela te mandaste», o con distancia pero sinceramente: «Hermano, con las oportunidades que había en la fruticultura», entradas en materia que concilien la veracidad con la llaneza. Pero será difícil, porque todos nosotros somos o estimados o queridos, y así nos va.

# De la seriedad en los velorios

Una vez que volvía a Francia a bordo de uno de los copetones barquitos de nuestra Flota Mercante del Estado (conozco el **Río Bermejo** y el **Río Belgrano,** me acuerdo del capitán Locatelli experto en begonias, del camarero Francisco que era un gallego como ya no se usan, y de un **barman** en cuya escuela aprendí a preparar el **Corazón de Indio,** cocktail que, como su nombre lo indica, es popularísimo en Bélgica), tuve la suerte de compartir tres semanas de buen tiempo con el doctor Alejandro Gancedo, su mujer y sus dos hijos, todos ellos a cual más cronopio. Pronto se descubrió que Gancedo era de la raza de Mansilla y de Eduardo Wilde, el perfecto **causeur** que frente a una copa y un habano se vuelve su propia obra maestra y que, como el otro Wilde, pone el genio en la vida aunque en sus libros no falte el talento.

De muchos relatos de Gancedo guardo un recuerdo que prueba la eficacia con que eran narrados (todo cuento es como se lo cuenta, la conciencia de que fondo y forma no son dos cosas es lo que hace al buen narrador oral, que no se diferencia así del buen escritor aunque los prejuicios y los editores estén a favor de este último). De entre esos relatos elijo, sabiendo que lo malogro, la historia de cómo unos conocidos de Gancedo que llamaré prudentemente Lucas Solano y Copitas, fueron a un velorio y lo que pasó en él.

A Solano le tocó acarrear el pésame en nombre de los compañeros de oficina del difunto, changa que lo abrumó al punto de buscar apoyo moral en el mostrador de un bar de la calle Talcahuano donde ya estaba Copitas en abierta demostración de lo acertado del sobrenombre. A la sexta grapa Copitas condescendió a acompañar a Solano



Changa

para levantarle el ánimo, y cayeron al velorio en alto grado de emoción etílica. Le tocó a Copitas entrar el primero en la capilla ardiente, y aunque en su vida había visto al muerto, se acercó al ataúd, lo contempló recogido, y volviéndose a Solano le dijo con ese tono que sólo suscitan y quizá oyen los finados:

—Está idéntico.

A Solano esto le produjo un tal ataque de hilaridad que sólo pudo disimularlo abrazándose estrechamente a Copitas, que a su vez lloraba de risa, y así se quedaron tres minutos, sacudidos los hombros por terribles estremecimientos, hasta que uno de los hermanos del difunto que conocía vagamente a Solano se les acercó para consolarlos.

—Créanme, señores, jamás me hubiera imaginado que en la oficina lo querían tanto a Pedro —dijo—. Como no iba casi nunca...

## Canti di prigionia

Con permiso de Dallapiccola éste es otro relato de Gancedo en que interviene Lucas Solano. En los tiempos de una dictadura militar, es decir cuando usted quiera, Solano y un grupo de amigos se reunían en una obra en construcción para tomar vino y charlar hasta la madrugada. Por qué se juntaban allí no lo sé, pero sí que esa noche la policía lanzó una de esas redadas donde van a parar pescados de todas clases, aunque lo único que se buscaba era a los comunistas por un lado y a los nacionalistas católicos por el otro, que coincidían misteriosamente en desvelar al coronel de turno. En la volteada cayeron Solano y su barra, que no tenían la menor militancia política, y todo el mundo fue a parar al patio de una comisaria para eso que llaman identificación.

—En seguida los comunistas se pusieron de un lado —le contaba después Solano a Gancedo— y los católicos del otro, de manera que nosotros quedamos en el medio. Como al rato ya circulaban rumores de palizas y de picana eléctrica, los comunistas se pusieron a cantar «La Internacional». Apenas los oyeron, los católicos se largaron con «Oh María madre mía».

—¿Y ustedes qué cantaban? —preguntó Gancedo.

—¿Nosotros? Bueno, nosotros cantábamos «Percanta que me amuraste»...

## Más sobre la seriedad y otros velorios

¿Quién nos rescatará de la seriedad?, pregunto parafraseando un verso de Ricardo Molinari. La madurez nacional, supongo, que nos llevará a comprender por fin que el humor no tiene por qué seguir siendo el privilegio de anglosajones y de Adolfo Bioy Casares. Cito exprofeso a Bioy, primero porque su humor es de los que empiezan por admitir honestamente los límites de su literatura mientras que la seriedad se cree omnímoda desde el soneto hasta la novela, y segundo porque logra esa liviana eficacia que puede ir mucho más lejos (cuando la usa un Leopoldo Marechal, por ejemplo) que tanto tremendismo dostoievskiano al cuete que prolifera en nuestras playas. Por lo demás esas playas van mucho más allá de Mar del Plata: con Jean Cocteau, a su manera un Bioy Casares francés, ha ocurrido también que los «comprometidos» de cualquier bando y los serios de solemnidad como François Mauriac han pretendido relegarlo a esas cocinas del establecimiento feudal de la literatura donde hay el rincón de los bufones y los juglares. Y no hablemos de Jarry, de Desnos, de Duchamp... En su espasmódico **Who's Afraid of Virginia Woolf?,** Edward Albee le hace decir a alguien: «La más profunda señal de la malevolencia social es la falta de sentido del humor. Ninguno de los monolitos ha sido capaz de aceptar jamás una broma. Lea la historia. Conozco bastante bien la historia.» También nosotros conocemos bastante bien la historia literaria para prever que Dargelos y Elizabeth vivirán más que Thérèse Desqueyroux, y que el padre Ubu tirará al pozo, con su **chochet à nobles,** a todos los héroes de Jean Anouilh y de Tennessee Williams.

Esa pulga prodigiosa llamada Man Ray escribió una vez: «Si pudiéramos desterrar la palabra **serio** de nuestro vocabulario, muchas cosas se arreglarían.» ☜ Pero los monolitos velan con su aire de tortugones amoratados, como tan bien los retrata José Lezama Lima. Oh, quién nos rescatará de la seriedad para llegar por fin a ser serios de veras en el plano de un Shakespeare, de un Robert Burns, de un Julio Verne, de un Charles Chaplin. ¿Y Buster Keaton? Ése debería ser nuestro ejemplo, mucho más que los Flaubert, los Dostoievski y los Faulkner en los que sólo reverenciamos la carga de profundidad mientras olvidamos a Bouvard y Pécuchet, olvidamos a Foma Fomich, olvidamos la sonrisa con que el caballero sureño respondió a una invitación de la Casa Blanca: «Un almuerzo a quinientas millas queda demasiado lejos para mí.» En cada escuela latinoamericana debería haber una gran foto de Buster Keaton, y en las fiestas patrias el director pasaría películas de Chaplin y de Keaton para fomento de futuros cronopios, mientras las maestras recitarían «La morsa y el carpintero» o por lo menos algo de Guido y Spano,

☞ **Man Ray,** Autoportrait.

por ejemplo la versión al alemán de la **Nenia,** que empieza:

> **Klage, klage, Urutaú,**
> **In den Zweigen des Yatay.**
> **War einmal ein Paraguay**
> **Wo geboren Ich und du:**
> **Klage, klage, Urutaú!**

Pero seamos serios y observemos que el humor, desterrado de nuestras letras contemporáneas (Macedonio, el primer Borges, el primer Nalé, César Bruto, Marechal a ratos, son **outsiders** escandalosos en nuestro hipódromo literario) representa mal que les pese a los tortugones una constante del espíritu argentino en todos los registros culturales o temperamentales que van de la afilada tradición de Mansilla, Wilde, Cambaceres y Payró hasta el humor sublime del reo porteño que en la plataforma del tranvía 85 más que completo, mandado a callar en sus protestas por su guarda masificado, le contesta: «¿Y qué querés? ¿Que muera en silencio?» Sin hablar de que a veces son los guardas los humoristas, como aquel del ómnibus 168 gritándole a un señor de aire importante que hacía tintinear interminablemente la campanilla para bajarse: «¡Acabala, che, que aquí estamo al ónibu, no a la iglesia!

¿Por qué diablos hay entre nuestra vida y nuestra literatura una especie de «muro de la vergüenza»? En el momento de ponerse a trabajar en un cuento o una novela el escritor típico se calza el cuello duro y se sube a lo más alto del ropero. A cuántos conocí que si hubieran escrito como pensaban, inventaban o hablaban en las mesas de café o en las charlas después de un concierto o un match de box, habrían conseguido esa admiración cuya ausencia siguen atribuyendo a las razones deploradas con lágrimas y folletos por las sociedades de escritores: snobismo del público que prefiere a los extranjeros sin



MACEDONIO FERNANDEZ ▶

mirar lo que tiene en casa, alevosa perversidad de los editores, y no sigamos que va a llorar hasta el nene. Hiato egipcio entre una escritura demótica y otra hierática: nuestro escriba sentado asume la solemnidad del que habita en el Louvre tan pronto le saca la fundita a la Remington, de entrada se le adivina el pliegue de la boca, la hamarga hexperiencia humana asomando en forma de rictus que, como es notorio, no se cuenta entre las muecas que faciliten la mejor prosa. Estos ñatos creen que la seriedad tiene que ser solemne o no ser; como si Cervantes hubiera sido solemne, carajo. Descuentan que la seriedad deberá basarse en lo negativo, lo tremendo, lo trágico, lo Stavrogin, y que sólo desde ahí nuestro escritor accederá (en los dos sentidos del término) a los signos positivos, a un posible happy end, a algo que se asemeje un poco más a esta confusa vida donde no hay maniqueo que llegue a nada. Asomarse al gran misterio con la actitud de un Macedonio se les ocurre a muy pocos; a los humoristas les pegan de entrada la etiqueta para distinguirlos higiénicamente de los escritores serios. Cuando mis cronopios hicieron algunas de las suyas en Corrientes y Esmeralda, huna heminente hintelectual hexclamó: «¡Qué lástima, pensar que era un escritor tan serio!» Sólo se acepta el humor en su estricta jaulita, y ojo con trinar mientras suena la sinfónica porque lo dejamos sin alpiste para que aprenda. En fin, señora, el humor es **all pervading** o no es, como siempre lo supieron Juan Filloy, Shakespeare y Max Ernst; reducido a sus propias fuerzas, solo en la jaulita, dará **Three Men on a Boat** pero jamás Sancho en la ínsula, jamás mi tío Toby, jamás el velorio del pisador de barro.☞ Le aclaro entonces que el humor

☞ El autor se refiere, respectivamente, a **Don Quijote de la Mancha**, a **Tristram Shandy** y a **Adán Buenosayres.**

cuya alarmante carencia deploro en nuestras tierras reside en la **situación** física y metafísica del escritor que le permite lo que para otros serían errores de paralaje, por ejemplo ver las agujas del reloj del comedor en la una y media cuando apenas son las doce y veinticinco, y jugar con todo lo que brinca de esa fluctuante disponibilidad del mundo y sus criaturas, entrar sin esfuerzo en la ironía, el **understatement,** la ruptura de los clisés idiomáticos que contamina nuestras mejores prosas tan seguras de que son las doce y veinticinco como si las doce y veinticinco tuvieran alguna realidad fuera de la convención que las decidió con gran concurso de cosmógrafos y pendolistas de Maguncia y de Ginebra. Y esto de los clisés idiomáticos no es broma; se puede verificar el predominio de un lenguaje hierático en las letras sudamericanas, un lenguaje que en su más alto nivel da por ejemplo **El siglo de las luces,** mientras todo el resto se agruma en una prosa que más tiene que ver con la sémola que con la vida que pretende encarnar. En la Argentina hay índices de un divertido proceso; por reacción contra la prosa de los tortugones amoratados, unos cuantos escritores más jóvenes se han puesto a escribir «hablado», y aunque los mejores lo hacen muy bien la mayoría le ha errado al bochín y se está hundiendo todavía más que los acrisolados (palabra que éstos colocan siempre en alguna parte). A mí me parece que no es con pasar del calor del crisol al de la cancha de Rácing que haremos nuestra literatura. Un Roberto Arlt escribía idiomáticamente mal porque no estaba equipado para hacerlo de otra manera; pero tener una cultura de primera fuerza como suelen tenerla los argentinos y caer en una escritura de pizzería me parece a lo sumo una reacción de chiquilín que se decreta comunista porque el papá es socio del Club del Progreso.

# Para una antropología de bolsillo

## Todo lo que ve lo ve blando

Conozco a un gran ablandador, un sujeto que todo lo que ve lo ve blando, lo ablanda con sólo verlo, ni siquiera con mirarlo porque él más bien ve que mira, y entonces anda por ahí viendo cosas y todas son terriblemente blandas y él está contento porque no le gustan nada las cosas duras.

Hubo un tiempo en que a lo mejor veía duro, tal vez porque todavía era capaz de mirar, y el que mira ve dos veces, ve lo que está viendo y además es lo que está viendo o por lo menos podría serlo o querría serlo o querría no serlo, todas ellas maneras sumamente filosóficas y existenciales de situarse y de situar el mundo. Pero este sujeto un día hacia los veinte años empezó a no mirar más, porque en realidad tenía la piel suavecita y las últimas veces que había querido mirar de frente el mundo, la visión le había tajeado la piel en dos o tres sitios y naturalmente mi amigo dijo che, esto no puede ser, entonces una mañana empezó solamente a ver, cuidadosamente a nada más que ver, y por supuesto desde entonces todo lo que veía lo veía blando, lo ablandaba con sólo verlo, y él estaba contento porque no le gustaban de ninguna manera las cosas duras.

A esto un profesor de Bahía Blanca le llamó la visión trivializante, y era una expresión muy afortunada por ser de Bahía Blanca, pero mi amigo no solamente se quedó tan pancho sino que al ver al profesor lo vio como es natural sumamente blando, lo invitó a tomar cocktails a su casa, le presentó a su hermana y a su tía, y la reunión transcurrió en un ambiente de gran blandura.

Yo me aflijo un poco porque cuando mi amigo me ve siento que me pongo completamente blando, y aunque sé que no se trata de mí sino de mi imagen en mi amigo, como diría el profesor de Bahía Blanca, lo mismo me aflijo porque a nadie le gusta que lo vean como un flan de sémola, y que en consecuencia lo inviten al cine donde pasan una de cowboys o le hablen durante un par de horas de lo bonitas que son las alfombras de la embajada de Madagascar.

¿Qué hacer con mi amigo? Nada, claro. En todo caso verlo pero nunca mirarlo; ¿cómo, pregunto, podríamos mirarlo sin la más horrible amenaza de disolución? El que solamente ve, solamente ha de ser visto; moraleja melancólica y prudente que va, me temo, más allá de las leyes de la óptica.

## Teoría del agujero pegajoso

Se llama por ejemplo Ramón, y lleva el nombre pegado lo mismo que todo lo demás, lo que la gente ve de él y lo que él mismo ve de él. Pocos saben que en realidad Ramón es un agujero pegajoso, a nadie le resulta fácil imaginar semejante objeto. Hasta los quince años no hubo nada, es decir que había solamente agujero rodeado de amor materno y tricotas y tablas de aritmética y partidos de fútbol. Entonces alguna mañana al despertarse el agujero tuvo, cosa rara ciertamente, una especie de entrevisión de sí mismo, se cayó en sí mismo como dice el profesor de Bahía Blanca plagiando al de Friburgo, y se dio cuenta de que había que hacer algo para no reventar como una pompa de jabón. Por un acto que no deja de tener su mérito, el agujero se volvió pegajoso en su borde externo, la pompa de jabón atrapó primero unas pelusitas del aire, después la elegante costumbre de fumar tabaco inglés en un sitio donde los otros fumaban picadura, y el nombre de Ramón, fluctuando hasta entonces porque era como un sinónimo del agujero, empezó a pegarse firmemente, se rodeó de una chaqueta de tweed, Ramón se vistió deportivamente y compró gadgets para resolver los problemas de la higiene, la cocina y la calefacción, se volvió una autoridad en marcas de jabón de afeitar, la mejor gasolina para los autos suecos, la sensibilidad adecuada de la película fotográfica en un día de niebla, se abonó a **Time** y a **Life,** se hizo una idea de Picasso y otra idea de los tocadiscos y las playas de veraneo y la alimentación, y ahí va carrera arriba, subjefe, jefe y jefazo, un entendido en las cuestiones más diversas, con una voz sonora donde solamente unos pocos adivinan que la sonoridad le viene del agujero, que el agujero habla mientras Ramón golpea delicadamente su pipa de brezo comprada en Londres porque no hay otras pipas comparables, te lo dice Ramón.

# Me caigo y me levanto

Nadie puede dudar de que las cosas recaen. Un señor se enferma, y de golpe un miércoles recae. Un lápiz en la mesa recae seguido. Las mujeres, cómo recaen. Teóricamente a nada o a nadie se le ocurriría recaer pero lo mismo está sujeto, sobre todo porque recae sin conciencia, recae como si nunca antes. Un jazmín, para dar un ejemplo perfumado. A esa blancura, ¿de dónde le viene su penosa amistad con el amarillo? El mero permanecer es recaída: el jazmín, entonces. Y no hablemos de las palabras, esas recayentes deplorables, ni de los buñuelos fríos, que son la recaída clavada.

Contra lo que pasa se impone pacientemente la rehabilitación. En lo más recaído hay siempre algo que pugna por rehabilitarse, en el hongo pisoteado, en el reloj sin cuerda, en los poemas de Pérez, en Pérez. Todo recayente tiene ya en sí a un rehabilitante pero el problema, para nosotros los que pensamos nuestra vida, es confuso y casi infinito. Un caracol segrega y una nube aspira; seguramente recaerán, pero una compensación ajena a ellos los rehabilita, los hace treparse poco a poco a lo mejor de sí mismos antes de la recaída inevitable. Pero nosotros, tía, ¿cómo haremos? ¿Cómo nos daremos cuenta de que hemos recaído si por la mañana estamos tan bien, tan café con leche, y no podemos medir hasta dónde hemos recaído en el sueño o en la ducha? Y si sospechamos lo recayente de nuestro estado, ¿cómo nos rehabilitaremos? Hay quienes recaen al llegar a la cima de una montaña, al terminar su obra maestra, al afeitarse sin un solo tajito; no toda recaída va de arriba abajo, porque arriba y abajo no quieren decir gran cosa cuando ya no se sabe adónde se está.



buñuelo - cierta fruta de sartén

Probablemente Ícaro creía tocar el cielo cuando se hundió en el mar epónimo, y Dios te libre de una zambullida tan mal preparada. Tía, ¿cómo nos rehabilitaremos?

Hay quien ha sostenido que la rehabilitación sólo es posible alterándose, pero olvidó que toda recaída es una desalteración, una vuelta al barro de la culpa. Somos lo más que somos porque nos alteramos, porque salimos del barro en busca de la felicidad y la conciencia y los pies limpios. Un recayente es entonces un desalterante, de donde se sigue que nadie se rehabilita sin alterarse. Pero pretender la rehabilitación alterándose es una triste redundancia: nuestra condición es la recaída y la desalteración, y a mí me parece que un recayente debería rehabilitarse de otra manera, que por lo demás ignoro. No solamente ignoro eso sino que jamás he sabido en qué momento mi tía o yo recaemos. ¿Cómo rehabilitarnos, entonces, si a lo mejor no hemos recaído todavía y la rehabilitación nos encuentra ya rehabilitados? Tía, ¿no será ésa la respuesta, ahora que lo pienso? Hagamos una cosa: usted se rehabilita y yo la observo. Varios días seguidos, digamos una rehabilitación continua, usted está todo el tiempo rehabilitándose y yo la observo. O al revés, si prefiere, pero a mí me gustaría que empezara usted, porque soy modesto y buen observador. De esa manera, si yo recaigo en los intervalos de mi rehabilitación, mientras que usted no le da tiempo a la recaída y se rehabilita como en un cine continuado, al cabo de poco nuestra diferencia será enorme, usted estará tan por encima que dará gusto. Entonces yo sabré que el sistema ha funcionado y empezaré a rehabilitarme furiosamente, pondré el despertador a las tres de la mañana, suspenderé mi vida conyugal y las demás recaídas que conozco para que sólo queden las que no conozco, y a lo mejor poco a poco un día estaremos otra vez juntos, tía, y será tan hermoso decir: «Ahora nos vamos al centro y nos compramos un helado, el mío de frutilla y el de usted con chocolate y un bizcochito.»

# The smiler with the knife under the cloak

Justo en mitad de la ensaimada
se plantó y dijo: Babilonia:
Muy pocos entendieron
que quería decir el Río de la Plata.
Cuando se dieron cuenta ya era tarde,
quién ataja a ese potro que galopa
de Patmos a Gotinga a media rienda.
Se empezó a hablar de víkings
en el café Tortoni,
y eso curó a unos cuantos de Juan Pedro Calou
y enfermó a los más flojos de runa y David Hume.

A todo esto él leía
novelas policiales.

Escribí este poema en 1956 y en la India, **of all places.** No me acuerdo bien de las circunstancias, habíamos estado hablando de Borges con otros argentinos para olvidar por un rato el bombardeo de Suez y un documento de la Unesco sobre la comprensión Internacional que nos habían dado a traducir; en algún momento sentí que mi afecto por él, de pronto casi tangible entre sikhs y olor de especias y música de **sitar,** era como un **practical joke** que Borges me estuviera haciendo telepáticamente desde su casa de la calle Maipú para poder decir después: «Qué raro, ¿no?, que alguien me tenga cariño desde un sitio tan inverosímil como Nueva Delhi, ¿no?» Y la hoja de papel calzó en la máquina y yo me acordé de unas clases de literatura inglesa allá por la calle Charcas, en las que él nos había mostrado cómo el verso de Geoffrey Chaucer era exactamente la metáfora criolla de «venirse con el cuchillo abajo'el poncho», y me ganó una ternura idiota que ahogué con jugo de mango y el poema que nunca le mandé a Borges, primero porque yo a Borges solamente lo he visto dos o tres veces en la vida, y después porque para mandar poemas la vida me cortó el chorro allá por los años treinta y ocho.

Nunca quise darlo a conocer aunque estuve cerca cuando la revista **L'Herne** me pidió una colaboración para el número dedicado a Borges, pero sospeché que los borgianos profesionales verían una irónica falta de respeto en esa liviana síntesis del mucho bien que nos ha hecho su obra. Casi fue una lástima porque cuando salió el número era tan enorme que parecía un elefante, con lo cual hubiera resultado el vehículo perfecto para mi poema indio; de todas maneras hoy lo mezclo en esta baraja y a lo mejor, Borges, alguien se lo lee en Buenos Aires y usted se sonríe, lo guarda un segundo en su memoria que conoce mejores ocupaciones, y a mí eso me basta desde lejos y desde siempre.

# Del sentimiento de lo fantástico

Esta mañana Teodoro W. Adorno hizo una cosa de gato: en mitad de un apasionado discurso, mitad jeremiada y mitad arrastre apoyadísimo contra mis pantalones, se quedó inmóvil y rígido mirando fijamente un punto del aire en el que para mí no había nada que ver hasta la pared donde cuelga la jaula del obispo de Evreux, que jamás ha despertado el interés de Teodoro. Cualquier señora inglesa hubiera dicho que el gato estaba mirando un fantasma matinal, los más auténticos y verificables, y que el paso de la rigidez inicial a un lento movimiento de la cabeza de izquierda a derecha, terminado en la línea de visión de la puerta, demostraba de sobra que el fantasma acababa de marcharse, probablemente incomodado por esa detección implacable.

Parecerá raro, pero el sentimiento de lo fantástico no es tan innato en mí como en otras personas que luego no escriben cuentos fantásticos. De niño era más sensible a lo maravilloso que a lo fantástico (para la diferente acepción de estos términos, siempre mal usados, consultar provechosamente a Roger Caillois) ☞ y fuera de los cuentos de hadas creía con el resto de mi familia que la realidad exterior se presentaba todas las mañanas con la misma puntualidad y las mismas secciones fijas de **La Prensa.** Que todo tren debía ser arrastrado por una locomotora constituía una evidencia que frecuentes viajes de Bánfield a Buenos Aires confirmaban tranquilizadoramente, y por eso la mañana en que por primera vez vi entrar un tren eléctrico que parecía prescindir de locomotora

☞ Véase en especial el prefacio a la **Anthologie du fantastique,** Club français du livre, Paris 1958.

me eché a llorar con tal encarnizamiento que según mi tía Enriqueta se requirió más de un cuarto kilo de helado de limón para devolverme al silencio. (De mi realismo abominable de esa época da una idea complementaria el que soliera encontrar monedas en la calle mientras paseaba con mi tía, pero sobre todo la habilidad con que después de haberlas robado en mi casa las dejaba caer mientras mi tía miraba una vidriera, para precipitarme luego a recogerlas y a ejercer el inmediato derecho a comprar caramelos. En cambio a mi tía le era muy familiar lo fantástico puesto que jamás encontraba insólita esa repetición demasiado frecuente y hasta compartía la excitación del hallazgo y algún caramelo.)

En otra parte he dicho mi asombro de que un condiscípulo encontrara fantástica la historia de Wilhelm Storitz que yo había leído con la más absoluta suspensión de la incredulidad. Comprendo que cumplía una operación inversa y bastante ardua: acorralar lo fantástico en lo real, **realizarlo.** El prestigio de todo libro me facilitaba la tarea: ¿cómo **dudar** de Julio Verne? Repitiendo a Nâser-è-Khosrow, nacido en Persia en el siglo XI, sentía que un libro

**Aunque sólo tenga un lomo, posee cien rostros**

y que de alguna manera era necesario extraer esos rostros de su arcón, meterlos en mi circunstancia personal, en la piecita del altillo, en los sueños temerosos, en los fantaseos en la copa de un árbol a la hora de la siesta. Creo que en la infancia nunca vi o sentí directamente lo fantástico; palabras, frases, relatos, bibliotecas, lo fueron destilando en la vida exterior por un acto de voluntad, una elección. Me escandalizó que mi amigo rechazara el caso de Wilhelm Storitz; si alguien había escrito sobre un hombre invisible, ¿no bastaba para que su existencia fuera irrefutablemente posible? Al fin y al cabo el día en que escribí mi primer cuento fantástico no hice otra cosa que intervenir personalmente en una operación que hasta entonces había sido vicaria; un Julio reemplazó al otro con sensible pérdida para los dos.

## Ese mundo que es éste

En una de las **Illuminations,** Rimbaud muestra al joven sometido todavía «a la tentación de Antonio», presa de «los tics de un orgullo pueril, el abandono y el espanto». De esa sujeción a la contingencia se saldrá por una voluntad de cambiar el mundo. «Te aplicarás a ese trabajo», dice y se dice Rimbaud. «Todas las posibilidades armónicas y arquitecturales vibrarán en torno de tu eje central.» La verdadera alquimia reside en esta fórmula: **Tu memoria y tus sentidos serán tan sólo el alimento de tu impulso creador. En cuanto al mundo, cuando salgas, ¿en qué se habrá convertido? En todo caso, nada que ver con las apariencias actuales.** ☜

Si el mundo nada tendrá que ver con las apariencias actuales, el impulso creador de que habla el poeta habrá metamorfoseado las funciones pragmáticas de la memoria y los sentidos; toda la «ars combinatoria», la aprehensión de las relaciones subyacentes, el sentimiento de que los reversos desmienten, multiplican, anulan los anversos, son modalidad natural del que vive **para esperar lo inesperado.** La extrema familiaridad con lo fantástico va todavía más allá: de alguna manera ya hemos recibido eso que todavía no ha llegado, la puerta deja entrar a un visitante que vendrá pasado mañana o vino ayer. El orden será siempre abierto, no se tenderá

☞ Jeunesse, **IV.**

jamás a una conclusión porque nada concluye ni nada empieza en un sistema del que sólo se poseen coordenadas inmediatas. Alguna vez he podido temer que el funcionamiento de lo fantástico fuese todavía más férreo que la casualidad física; no comprendía que estaba frente a aplicaciones particulares del sistema, que por su fuerza **excepcional** daban la impresión de la fatalidad, de un calvinismo de lo sobrenatural. Luego he ido viendo que esas instancias aplastantes de lo fantástico reverberaban en virtualidades prácticamente inconcebibles; la práctica ayuda, el estudio de los llamados azares va ampliando las bandas del billar, las piezas del ajedrez, hasta ese límite personal más allá del cual sólo tendrán acceso otros poderes que los nuestros. No hay un fantástico cerrado, porque lo que de él alcanzamos a conocer es siempre una parte y por eso lo creemos fantástico. Ya se habrá adivinado que como siempre las palabras están tapando agujeros.

Un ejemplo de lo fantástico restringido y como fatal lo da un cuento de W. F. Harvey. ☞ El narrador se ha puesto a dibujar para distraerse del calor de un día de agosto; cuando se da cuenta de lo que ha hecho, tiene ante sí una escena de tribunal: el juez acaba de pronunciar la sentencia de muerte y el condenado, un hombre grueso y calvo, lo mira con una expresión en la que hay más desmayo que horror. Echándose el dibujo al bolsillo, el narrador sale de su casa y vaga hasta detenerse, fatigado, ante la puerta del patio de un lapidario. Sin saber bien por qué se dirige hacia el hombre que esculpe una lápida: es el mismo cuyo retrato ha hecho dos horas antes sin conocerlo. El hombre lo saluda cordialmente y le muestra una lápida apenas terminada, en la que el narrador descubre su propio nombre, la fecha exacta de su nacimiento, y la de su muerte: ese mismo día. Incrédulo y aterrado, se entera de que la lápida está destinada a una exposición y que el lapidario ha grabado en ella un nombre y unas fechas para él imaginarios.

Como cada vez hace más calor, entran en la casa. El narrador muestra su dibujo, y los dos hombres comprenden que la doble coincidencia va más allá de toda explicación y que el absurdo la vuelve horrible. El lapidario propone al narrador que no se mueva de su casa hasta pasada la medianoche, para evitar toda posibilidad de accidente. Se instalan en

☞ W. F. Harvey, **August Heat,** en **The Beast with Five Fingers,** Dent, London 1962.

una habitación solitaria y el lapidario se distrae afilando su cincel mientras el narrador escribe la historia de lo sucedido. Son las once de la noche; una hora más y el peligro habrá pasado. El calor va en aumento; como dice la frase final del cuento, **es un calor capaz de volver loco a cualquiera.**

El esquema admirablemente simétrico del relato y la fatalidad de su cumplimiento no deben hacer olvidar que las dos víctimas sólo han conocido una malla de la trama que las enfrenta para destruirlas; lo verdaderamente fantástico no reside tanto en las estrechas circunstancias narradas como en su resonancia de pulsación, de latido sobrecogedor de un corazón ajeno al nuestro, de un orden que puede usarnos en cualquier momento para uno de sus mosaicos, arrancándonos de la rutina para ponernos un lápiz o un cincel en la mano. Cuando lo fantástico me visita (a veces soy yo el visitante y mis cuentos han ido naciendo de esa buena educación recíproca a lo largo de veinte años) me acuerdo siempre del admirable pasaje de Víctor Hugo: «Nadie ignora lo que es el punto vélico de un navío; lugar de convergencia, punto de intersección misterioso hasta para el constructor del barco, en el que se suman las fuerzas dispersas en todo el velamen desplegado.» Estoy convencido de que esta mañana Teodoro miraba un punto vélico del aire. No es difícil irlos encontrando y hasta provocando, pero una condición es necesaria: hacerse una idea muy especial de las heterogeneidades admisibles en la convergencia, no tener miedo del encuentro fortuito (que no lo será) de un paraguas con una máquina de coser. Lo fantástico **fuerza** una costra aparencial, y por eso recuerda el punto vélico; hay algo que arrima el hombro para sacarnos de quicio. Siempre he sabido que las grandes sorpresas nos esperan allí donde hayamos aprendido por fin a no sorprendernos de nada,

entendiendo por esto no escandalizarnos frente a las rupturas del orden. Los únicos que creen verdaderamente en los fantasmas son los fantasmas mismos, como lo prueba el famoso diálogo en la galería de cuadros. ☞
Si en cualquier orden de lo fantástico llegáramos a esa naturalidad, Teodoro ya no sería el único en quedarse tan quieto, pobre animalito, mirando lo que todavía no sabemos ver.

---

☞ Tan famoso que es casi ofensivo mencionar a su autor, George Loring Frost (**Memorabilia,** 1923) y el libro que le dio esa fama: la **Antología de la literatura fantástica** (Borges, Silvina Ocampo, Bioy Casares).

ADOLF WÖLFLI

# -Yo podría bailar ese sillón -dijo Isadora

**On n'observe chez Wölfli ni inspiration particulière et isolée, ni conception d'idées ou d'imagination bien distinctes; bien plus, sa pensée tout comme sa façon de travailler n'a ni de commencement ni fin. Il s'interrompt à peine, sitôt qu'une feuille est terminée, il en commence une autre et sans cesse il écrit, il dessine. Si on lui demande au début ce qu'il a l'intention de dessiner sur sa feuille, il vous répond parfois sans hésiter comme si cela allait de soi, qu'il va représenter un hôtel géant, une haute montagne, une grande grande Déesse, etc.; mais souvent aussi il ne peut encore vous dire juste avant de s'y mettre, ce qu'il va dessiner; il ne le sait pas encore, cela finira bien par prendre figure: il n'est pas rare non plus qu'il élude avec mauvaise humeur ce genre de questions: qu'on le laisse tranquille, il a plus intéressant à faire qu'à bavarder!**

Morgenthaler, **Un aliéné artiste,** en: **L'art brut,** 2, pp. 42-3.

De una pierna rota y de la obra de Adolf Wölfli nace esta reflexión sobre un sentimiento que Lévy-Bruhl hubiera llamado prelógico antes de que otros antropólogos demostraran lo abusivo del término. Aludo a la sospecha de arcaica raíz mágica según la cual hay fenómenos e incluso cosas que son lo que son y como son porque, de alguna manera, también son o pueden ser otro fenómeno u otra cosa; y que la acción recíproca de un conjunto de elementos que se dan como heterogéneos a la inteligencia, no sólo es susceptible de desencadenar interacciones análogas en otros conjuntos aparentemente disociados del primero, como lo entendía la magia simpática y más de cuatro gordas agraviadas que todavía clavan alfileres en figurillas de cera, sino que existe identidad profunda entre uno y otro conjunto, por más escandaloso que le parezca al intelecto.

Todo esto suena a tam-tam y a mumbo-jumbo, y a la vez parece un poco tecnicón, pero no lo es apenas se suspende la rutina y se cede a esa permeabilidad para consigo mismo en la que un Antonin Artaud veía el acto poético por excelencia, «el conocimiento de ese destino interno y dinámico del pensamiento». Basta seguir el consejo de Fred Astaire, **let yourself go,** por ejemplo pensando en Wölfli, porque algunas de las cosas que hizo Wölfli fueron cristalizaciones perfectas de esas vivencias. A Wölfli lo conocí por Jean Dubuffet que publicó el texto de un médico suizo que se ocupó de él en el manicomio y que ni siquiera traducido al francés parece demasiado inteligente, aunque sí lleno de buena voluntad y anécdotas que es lo que interesa puesto que la inteligencia la pondremos ahora todos nosotros. Remito al libro para el **curriculum vitae,** pero mientras se lo consigue no cuesta nada recordar cómo el gigante Wölfli, un montañés peludo y tremendamente viril, todo calzoncillos y deltoides, un primate desajustado incluso en su aldea de pastores, acaba en una celda para agitados después de varias violaciones de menores o tentativas equivalentes, cárcel y nuevos arrinconamientos en los pajares, cárcel y más estupros hasta que al borde del presidio los hombres sabios se dan cuenta de la irresponsabilidad del supuesto monstruo y lo meten en un loquero. Allí Wölfli le hace la vida imposible a cuanto Dios crió, pero a un psiquiatra se le ocurre un día ofrecerle una banana al chimpancé en forma de lápices de colores y hojas de papel. El chimpancé comienza a dibujar y a escribir, y además hace un rollo con una de las hojas de papel y se fabrica un instrumento de música, tras de lo cual durante veinte años, interrumpiéndose apenas para comer, dormir y padecer a los médicos, Wölfli escribe, dibuja y ejecuta una obra perfectamente delirante que podrían consultar con provecho muchos de esos artistas que por algo siguen sueltos.

Me baso aquí en una de sus obras pictóricas, titulada (estoy obligado a referirme a la versión francesa) **La ville de biscuit à bière St. Adolf.** Es un dibujo coloreado con lápiz (nunca le dieron óleos ni témperas, demasiado caros para malgastarlos en un loco), que según Wölfli representa una ciudad —lo que es exacto, **inter alia**—, pero esa ciudad es de bizcocho (si el traductor se refiere a la loza llamada bizcocho, esa ciudad es de loza, de bizcocho para la cerveza o de la loza **de cerveza,** o si el traductor entiende ataúd, esa ciudad es de loza o de bizcocho de cerveza o de ataúd). Digamos para elegir lo que parece más probable: ciudad de bizcocho de cerveza San Adolfo, y aquí hay que explicar que Wölfli se creía un tal Sankt Adolph entre otros. La pintura, entonces, concentra en su título una aparente plurivisión perfectamente unívoca para Wölfli que la ve como ciudad (de bizcocho ( (de bizcocho de cerveza (((ciudad San Adolfo))) )) ). Me parece claro que San Adolfo **no es el nombre de la ciudad** sino que, como para el bizcocho y la cerveza, la ciudad **es** San Adolfo y viceversa.

Por si no bastara, cuando el doctor Morgenthaler se interesaba por el sentido de la obra de Wölfli y éste se dignaba hablar, cosa poco frecuente, sucedía a veces que en respuesta al consabido: «¿Qué representa?», el gigante contestaba: «Esto», y tomando su rollo de papel soplaba una melodía que para él no sólo era la explicación de la pintura sino también la pintura, o ésta la melodía, como lo prueba el que muchos de sus dibujos contuvieran pentagramas con composiciones musicales de Wölfli, que además rellenaba buena parte de los cuadros con textos donde reaparecía verbalmente su visión de la realidad. Curioso, inquietante, que Wölfli haya podido desmentir (y a la vez confirmar con su entierro forzado) la frase pesimista de Lichtenberg: «Si quisiera escribir sobre cosas así, el mundo me trataría de loco, y por eso me callo. Tan imposible es hablar de eso como de tocar en el violín, como si fueran notas, las manchas de tinta que hay sobre mi mesa...»

Si el estudio psiquiátrico hace hincapié en esa vertiginosa explicación musical de la pintura, nada dice de la posibilidad simétrica, la de que Wölfli **pintara su música.** Habitante obstinado de zonas intersticiales, nada puede parecerme más natural que una ciudad, el bizcocho, la cerveza, San Adolfo y una música sean cinco en uno y uno en cinco; hay ya un antecedente por el lado de la Trinidad, y hay el **Car je est un autre.** Pero todo esto sería más bien estático si no se diera en la vivencia de que esos quíntuples unívocos cumplen en su destino interno y dinámico (trasladando a su esfera la actividad que atribuía Artaud al pensar) una acción equivalente a la de los elementos del átomo, de manera que para utilizar metafóricamente el título de la pintura de Wölfli, la eventual acción del bizcocho en la ciudad puede determinar una metamorfosis en San Adolfo, así como el menor gesto de San Adolfo es capaz de alterar por completo el comportamiento de la cerveza. Si extrapolamos ahora este ejemplo a conjuntos menos gastronómicos y hagiográficos, derivaremos a lo que me pasó con la pierna rota en el hospital Cochin y que consistió en saber (no ya en sentir o imaginar: la certidumbre era del orden de las que hacen el orgullo de la lógica aristotélica) que mi pierna infectada, a la que yo asistía desde el puesto de observación de la fiebre y el delirio, consistía en un campo de batalla cuyas alternativas seguí minuciosamente, con su geografía, su estrategia, sus reveses y contraataques, contemplador desapasionado y comprometido a la vez en la medida en que cada punzada de dolor era un regimiento cuesta abajo o un encuentro cuerpo a cuerpo, y cada pulsación de la fiebre una carga a rienda suelta o una teoría de banderines desplegándose al viento. ☜

Imposible tocar fondo hasta ese punto sin volver a la superficie con la convicción definitiva de que cualquier batalla de la historia pudo ser un té con tostadas en una rectoría del condado de Kent, o que el esfuerzo que cumplo desde hace una hora para escribir estas páginas vale quizá como hormiguero en Adelaida, Australia, o como los tres últimos **rounds** de la cuarta pelea preliminar del jueves pasado en el Dawson Square de Glasgow. Pongo ejemplos primarios, reducidos a una acción que va de X a Z a base de una coexistencia esencial de X y Z. ¿Pero qué cuenta eso al lado de un día de tu vida, de un amor de Swann, de la concepción de la catedral de Gaudí en Barcelona? La gente se sobresalta cuando se le hace comprender el sentido de un año-luz, del volumen de una estrella enana, del contenido de una galaxia. ¿Qué decir entonces de tres pinceladas de Masaccio que quizá son el incendio de Persépolis que quizá es el cuarto asesinato de Peter Kurten que quizá es el camino de Damasco que quizá es las Galeries Lafayette que quizá son el gato negro de Hans Magnus Enszesberger que quizá es una prostituta de Avignon llamada Jeanne Blanc (1477-1514)? Y decir eso es menos que no decir nada, puesto que no se trata de la interexistencia en sí sino de su dinámica (su «destino interno y dinámico») que por supuesto se cumple al margen de toda mensurabilidad o detección basadas en nuestros Greenwich o Geigers.

☞ Muchos años después encontré este otro aforismo de Lichtenberg: **Las batallas son enfermedades para los beligerantes.**

Metáforas que apuntan hacia esa vaga, incitante dirección: el latigazo de la triple carambola, la jugada de alfil que modifica las tensiones de todo el tablero: cuántas veces he sentido que una fulgurante combinación de fútbol (sobre todo si la hacía River Plate, equipo al que fui fiel en mis años de buen porteño) podía estar provocando una asociación de ideas en un físico de Roma, a menos que naciera de esa asociación o, ya vertiginosamente, que físico y fútbol fuesen elementos de otra operación que podía estarse cumpliendo en una rama de cerezo en Nicaragua, y las tres cosas, a su vez...

# Un Julio habla de otro

Este libro se va haciendo como los misteriosos platos de algunos restaurantes parisienses en los que el primer ingrediente fue puesto quizá hace dos siglos, **fond de cuisson** al que siguieron incorporándose carnes, vegetales y especias en un interminable proceso que guarda en lo más profundo el sabor acumulado de una infinita cocción. Aquí hay un Julio que nos mira desde un daguerrotipo, me temo que algo socarronamente, un Julio que escribe y pasa en limpio papeles y papeles, y un Julio que con todo eso organiza cada página armado de una paciencia que no le impide de cuando en cuando un rotundo carajo dirigido a su tocayo más inmediato o al scotch tape que se le ha enroscado en un dedo con esa vehemente necesidad que parece tener el scotch tape de demostrar su eficacia.

El mayor de los Julios guarda silencio, los otros dos trabajan, discuten y cada tanto comen un asadito y fuman Gitanes. Se conocen tan bien, se han habituado tanto a ser Julio, a levantar al mismo tiempo la cabeza cuando alguien dice su nombre, que de golpe hay uno de ellos que se sobresalta porque se ha dado cuenta de que el libro avanza y que no ha dicho nada del otro, de ése que recibe los papeles, los mira primero como si fuesen objetos exclusivamente mensurables, pegables y diagramables, y después cuando se queda solo empieza a leerlos y cada tanto, muchos días después, entre dos cigarrillos, dice una frase o deja caer una alusión para que este Julio lápiz sepa que también él conoce el libro desde adentro y que le gusta. Por eso este Julio lápiz siente ahora que tiene que decir algo sobre Julio Silva, y lo mejor será contar por ejemplo cómo llegó de

Buenos Aires a París en el 55 y unos meses después vino a mi casa y se pasó una noche hablándome de poesía francesa con frecuentes referencias a una tal Sara que siempre decía cosas muy sutiles aunque un tanto sibilinas. Yo no tenía tanta confianza con él en ese tiempo como para averiguar la identidad de esa musa misteriosa que lo guiaba por el surrealismo, hasta que casi al final me di cuenta de que se trataba de Tzara pronunciado como pronunciará siempre, por suerte, este cronopio que poco necesita de la buena pronunciación para darnos un idioma tan rico como el suyo. Nos hicimos muy amigos, a lo mejor gracias a Sara, y Julio empezó a exponer sus pinturas en París y a inquietarnos con dibujos donde una fauna en perpetua metamorfosis amenaza un poco burlonamente con descolgarse en nuestro living-room y ahí te quiero ver. En esos años pasaron cosas increíbles, como por ejemplo que Julio cambió un cuadro por un autito muy parecido a un pote de yogurt al que se entraba por el techo de plexiglás en forma de cápsula espacial, y así le ocurrió que como estaba convencido de manejar muy bien fue a buscar su flamante adquisición mientras su mujer se quedaba esperándolo en la puerta para un paseo de estreno. Con algún trabajo se introdujo en el yogurt en pleno barrio latino, y cuando puso en marcha el auto tuvo la impresión de que los árboles de la acera retrocedían en vez de avanzar, pequeño detalle que no lo inquietó mayormente aunque un vistazo a la palanca de velocidades le hubiera mostrado que estaba en marcha atrás, método de desplazamiento que tiene sus inconvenientes en París a las cinco de la tarde y que culminó en el encuentro nada fortuito del yogurt con una de esas casillas inverosímiles donde una viejecita friolenta vende billetes de lotería. Cuando se dio cuenta, el mefítico tubo de escape del auto se había enchufado en el cubículo y la provecta dispensadora de la suerte emitía esos alaridos con que los parisienses rescatan de tanto en tanto el silencio cortés de su alta civilización. Mi amigo trató de salir del auto para auxiliar a la víctima semiasfixiada, pero como ignoraba la manera de correr el techo de plexiglás se encontró más encerrado que Gagarin en su cápsula, sin hablar de la muchedumbre indignada que rodeaba el luctuoso escenario del incidente y hablaba ya de linchar a los extranjeros como parece ser la obligación de toda muchedumbre que se respete.

provecta - vieja, madura

Cosas como ésa le han ocurrido muchas a Julio, pero mi estima se basa sobre todo en la forma en que se posesionó poco a poco de un excelente piso situado nada menos que en una casa de la rue de Beaune donde vivieron los mosqueteros (todavía pueden verse los soportes de hierro forjado en los que Porthos y Athos colgaban las espadas antes de entrar en sus habitaciones, y uno imagina a Constance Bonacieux mirando tímidamente, desde

SILVA

la esquina de la rue de Lille, las ventanas tras de las cuales D'Artagnan soñaba quimeras y herretes de diamantes). Al principio Julio tenía una cocina y una alcoba; con los años fue abriéndose paso a otro salón más vasto, luego ignoró una puerta tras de la cual, al cabo de tres peldaños, había lo que es ahora su taller, y todo eso lo hizo con una obstinación de topo combinada con un refinamiento a lo Talleyrand para calmar a propietarios y vecinos comprensiblemente alarmados ante ese fenómeno de expansión jamás estudiado por Max Planck. Hoy puede jactarse de tener una casa con dos puertas que dan a calles diferentes, lo que prolonga la atmósfera que uno imagina cuando el cardenal de Richelieu pretendía acabar con los mosqueteros y había toda suerte de escaramuzas y encerronas y voto a bríos, como siempre decían los mosqueteros en las traducciones catalanas que infamaron nuestra niñez.

Este cronopio recibe ahora a sus amigos con una colección de maravillas tecnológicas entre las que se destacan por derecho propio una ampliadora de tamaño natural, una fotocopiadora que emite borborigmos inquietantes y tiende a hacer su voluntad cada vez que puede, sin hablar de una serie de máscaras negras que lo hacen sentirse a uno lo que realmente es, un pobre blanco. Y el vino, sobre cuya selección rigurosa no me extenderé porque siempre es bueno que la gente conserve sus secretos, su mujer, que padece con invariable bondad a los cronopios que rondan el taller, y dos niños indudablemente inspirados por un cuadro encantador, **El pintor y su familia,** de Juan Bautista Mazo, yerno de Diego Velázquez.

Éste es el Julio que ha dado forma y ritmo a la vuelta al día. Pienso que de haberlo conocido, el otro Julio lo hubiera metido junto con Michel Ardan en el proyectil lunar para acrecer los felices riesgos de la improvisación, la fantasía, el juego. Hoy enviamos otra especie de consmonautas al espacio, y es una lástima. ¿Puedo terminar esta semblanza con una muestra de las teorías estéticas de Julio, que preferentemente no deberán leer las señoras? Un día en que hablábamos de las diferentes aproximaciones al dibujo, el gran cronopio perdió la paciencia y dijo de una vez para siempre: «Mirá, che, a la mano hay que dejarla hacer lo que se le da en las pelotas.» Después de una cosa así, no creo que el punto final sea indecoroso.

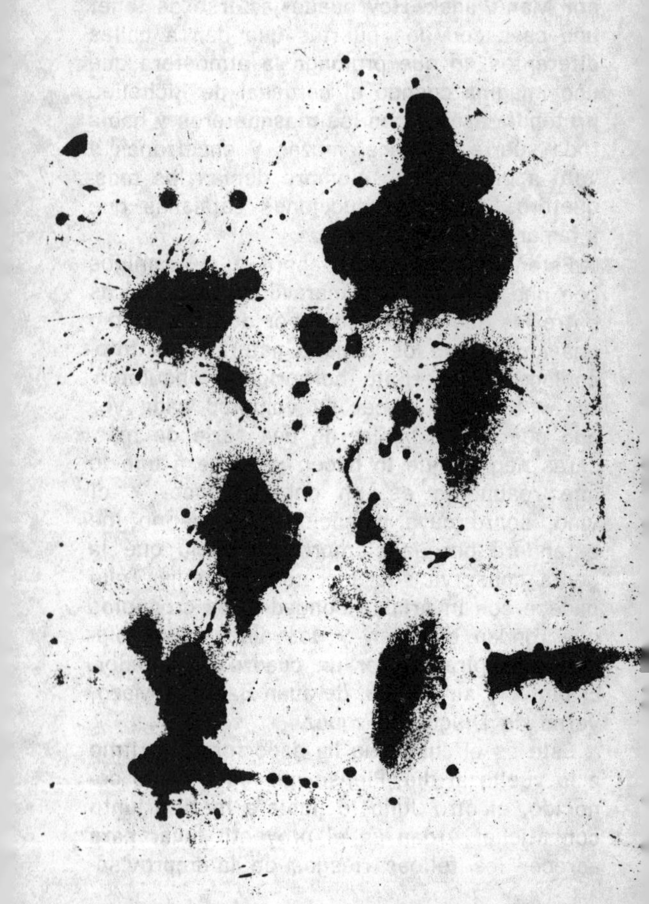

# Aumenta la criminalidad infantil en los Estados Unidos

(Según informa la prensa)

Una moneda cae cara o cruz
como la cruz cae Cristo o los ladrones,
como la cara cae gracia o sombra
como la luna cae estatua o perro,
y al pie de ese deslinde
vela la Gran Costumbre.

La Gran Costumbre con capucha de avestruz
vela al pie del deslinde
para que una moneda caiga siempre cara
y toda cara siempre sombra caiga,
para que toda cruz sea Cristo,
para que el pie no salga de su huella vela la
Gran Costumbre,
vela con largos dientes colgando sobre el la-
bio cuneiforme,
baskerville, elzevir: el Código, ese nombre
del hombre vuelto Historia.

—Salud, maravillosos niños norteamerica-
nos
llamados a lavar la lepra hereditaria,
irrumpiendo en la sala cuando el padre y la
madre miraban la TV
con una sana, perfecta puñalada, con un
fierrazo en las cabezas
donde Kolynos o Goodyear vaciaban sus gu-
sanos de manteca podrida.
Saludo a Mervyn Rose, a Sandy Lee, a Roy
McCall, a Dick pecoso y sucio,
y a Lana Turner junior, capaz de hacer lo que
no hará la silla eléctrica.
Salud, jóvenes héroes, asesinos de un
tiempo proxeneta.



Kolynos - tooth powder
elzevir - familia ilustre de impresores en los países bajos
proxeneta - go-between / Celestina

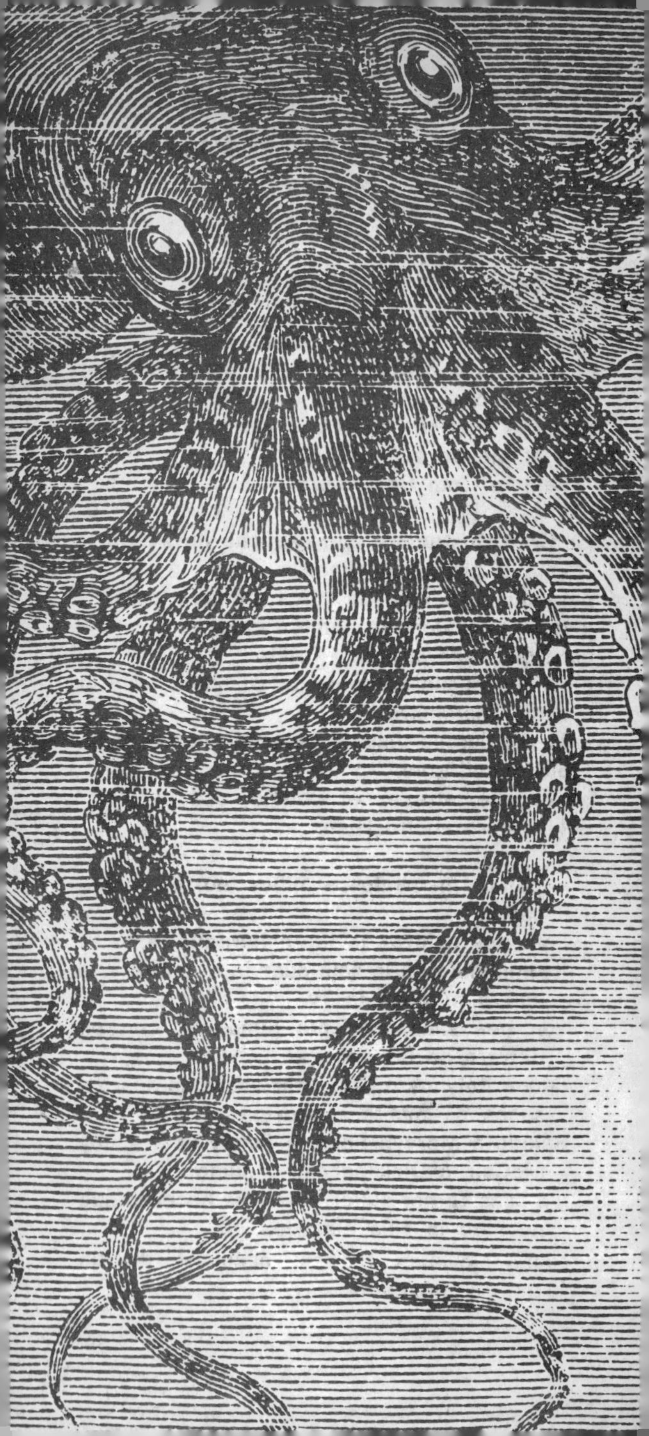

Legítima defensa, muchachito, están tratando de violarte, te acorralan
con un bozal de enciclopedias, promoción y De Soto,
con el dentífrico perfecto, el telegrama en fórmula de lujo,
con discos de Sinatra o del Cuarteto Húngaro,
ve, gánales de mano,
no te vendo palabras, mátalos de verdad para que vivan,
quiero decir: arráncalos de cuajo,
haz pedazos la rueda de las ruedas, destruye a escupitajos una historia
que masturba sus monos al ritmo de las máquinas de Time,
que entroniza princesas de ruleta católica,
que engendra putas para despreciarlas desde el lecho legítimo
con un desprecio que no irá jamás a un almirante o a un obispo.
Oh niños asesinos, oh salvajes antorchas
fulminando a las tías comedoras de estampas y pantallas floreadas,
a los abuelos con medallas de honor en la entrepierna,
a los papás que pontifican experiencia,
a las mamás que cosen los botones con aire de martirio.
Una lata de nafta, un fósforo y se acaba:
la hoguera es una rosa,
la noche de San Juan empieza, hosanna!

Mientras se viva así, en la Gran Costumbre,
mientras la historia siga su cópula gomosa con la Historia,
mientras el tiempo sea hijo del Tiempo
y preservemos las podridas efemérides
y los podridos héroes de desfile,
las caras serán sombra,
las cruces serán Cristo,
y la luz el amargo kilowatio, y el amor
revancha y no leopardo.



ruleta - roulette, tape measure

(Algunos, pocos, viven desacostumbrándose.
Los matan a montones, pero siempre
hay alguno que escapa,
que espera a la salida de la escuela
para alentar al colegial de ojos de hielo
y regalarle un cortaplumas.)

El templo de Hércules
**Veinte mil leguas de viaje submarino**

# Acerca de la manera de viajar de Atenas a Cabo Sunion

**...and the recollection of that absence of tree, that nothingness, is more vivid to me than any memory of the tree itself.**

E. F. Bozman, **The White Road**

La memoria juega con su propio contenido un oscuro juego del que cualquier tratado de psicología aporta pruebas ejemplares. Arritmia del hombre y su memoria, que a veces se queda atrás y otras finge un espejo impecable que la confrontación parece desmentir con escándalo. Cuando Diaghilev volvió a montar los ballets rusos, algunos críticos le reprocharon que los decorados de **Petrushka** hubieran perdido su deslumbrante policromía original: eran los mismos, perfectamente conservados. Bakst se vio obligado a levantar los tonos para ponerlos a la par de una memoria apoteósica. Usted que va a las cinematecas, ¿cómo se entiende con su recuerdo de las películas de Pabst, de Dreyer, de Lupu Pick?

Curioso eco que almacena sus réplicas con arreglo a otra acústica que la de la conciencia o la esperanza; el salón de los bustos romanos de la memoria suele prodigar sátrapas persas o, más sutilmente, en el rostro de Cómodo o Gordiano se instala una sonrisa que viene de un daguerrotipo de Nadar o de un marfil carolingio, cuando no de una tía que nos daba galletitas con oporto en Tandil. El supuesto archivo de las fotocopias devuelve extrañas criaturas; el verde paraíso de los amores de infancia que rememora Baudelaire es para muchos un futuro al revés, un anverso de esperanza frente al gris purgatorio de los amores adultos, y en esa sigilosa inversión que ayuda a creer que no se vivió demasiado mal puesto que al menos hubo un lejano edén y una dicha inocente, la memoria semeja la araña esquizofrénica de los laboratorios donde se ensayan los alucinógenos, que teje telas aberrantes con agujeros, zurcidos y remiendos. La memoria nos teje y atrapa a la vez con arreglo a un esquema del que no se participa lúcidamente; jamás deberíamos hablar de **nuestra** memoria, porque si algo tiene es que no es nuestra; trabaja por su cuenta, nos ayuda engañándonos o quizá nos engaña para ayudarnos; en todo caso de Atenas se viaja a Cabo Sunion en un autocar destartalado, y eso me lo explicó en París mi amigo Carlos Courau, cronopio infatigable si los hay. Me lo explicó junto con otros itinerarios griegos, cediendo al placer de todo viajero que al narrar su periplo lo rehace (por eso Penélope esperará eternamente) y al mismo tiempo saborea un viaje vicario, el que hará ese amigo al que ahora le está explicando cómo se va desde Atenas a Cabo Sunion. Tres viajes en uno, el real pero ya transcurrido, el imaginario pero presente en la palabra, y el que otro hará en el futuro siguiendo las huellas del pasado y a base de los consejos del presente, es decir que el autocar salía de una plaza ateniense hacia las diez de la mañana y convenía llegar con tiempo porque se llenaba de pasajeros locales y de turistas. Ya esa noche, en ese recuento de andanzas y monumentos, la araña eligió extrañamente, porque al fin y al cabo, qué demonios, el relato que me había hecho Carlos de su llegada a Delfos, o el viaje por mar hasta las Cícladas, o la playa de Míconos al atardecer, cualquiera de los cien episodios que abarcaban Olimpia y Mistra, la visión del canal de Corinto y la hospitalidad de los pastores, era más interesante e incitador que el modesto consejo de llegar con tiempo a una plaza polvorienta para tomar un autocar sin peligro de quedarse sin asiento entre cestas de gallinas y **marines** de quijadas paleolíticas. La araña escuchó todo, y de esa secuencia de imágenes, perfumes y plintos fijó para siempre la visión imaginaria que yo me hacía de una plaza a la que había que llegar temprano, de un autocar esperando bajo los árboles.

Fui a Grecia un mes después, y vino el día en que busqué la plaza que naturalmente no se parecía en nada a la de mi imaginación. En el momento no comparé, la realidad exterior invade a codazos la conciencia, el lugar que ocupa un árbol no deja sitio para más, el autocar era destartalado como había dicho Carlos pero no se asemejaba al que yo había visto tan claramente mientras él lo nombraba; por suerte había asientos libres, vi Cabo Sunion, busqué la firma de Byron en el templo de Poseidón, en un tramo solitario de la costa escuché el ruido fofo de un pulpo que un pescador estrellaba una y otra vez contra las rocas.

Entonces, de vuelta en París, pasó esto: cuando conté mi viaje y se habló del paseo a Cabo Sunion, lo que vi mientras narraba mi partida fue la plaza de Carlos y el autocar de Carlos. Primero me divirtió, después me sorprendí; a solas, cuando pude rehacer la experiencia, traté aplicadamente de ver el verdadero escenario de esa banal partida. Recordé fragmentos, una pareja de labriegos que viajaban en el asiento de al lado, pero el autocar seguía siendo el otro, el de Carlos, y cuando reconstruía mi llegada a la plaza y mi espera (Carlos había hablado de los vendedores de pistacho y del calor) lo único que veía sin esfuerzo, lo único realmente verdadero era esa otra plaza que había ocurrido en mi casa de París mientras se la escuchaba a Carlos; y el autocar de esa plaza esperaba en mitad de la cuadra bajo los árboles que lo protegían del sol quemante, y no en una esquina como yo sabía ahora que estaba la mañana en que lo tomé para ir a Cabo Sunion.

Han pasado diez años, y las imágenes de un rápido mes en Grecia se han ido adelgazando, se reducen cada vez más a algunos momentos que eligieron mi corazón y la araña. Está la noche de Delfos en que sentí lo numinoso y no supe morir, es decir nacer; están las horas altas de Micenas, la escalinata de Faistos, y las minucias que la araña guarda en cumplimiento de una figura que se nos escapa, el dibujo de un mediocre fragmento de mosaico en el puerto romano de Delos, el perfume de un helado en una calleja de Placca. Y además está el viaje de Atenas a Cabo Sunion, y sigue siendo la plaza de Carlos y el autocar de Carlos, inventados una noche en París mientras él me aconsejaba llegar con tiempo para encontrar asiento; son su plaza y su autocar, y los que busqué y conocí en Atenas no existen para mí, desalojados, desmentidos por esos fantasmas más fuertes que el mundo, inventándolo por adelantado para destruirlo mejor en su último reducto, la falsa ciudadela del recuerdo.

...Pero ese día, a eso de las once de la mañana, a Nicholl se le escapó de la mano un vaso que, en lugar de caer, quedó suspendido en el aire.

—¡Ah! —exclamó Michel Ardan—, ¡Ahora un poco de física recreativa!

Y en seguida objetos diversos: armas, botellas, abandonados a sí mismos, se mantuvieron en el aire como por milagro. La misma Diana, a la que Michel plantó en el espacio, reprodujo, sin trampa alguna, la suspensión maravillosa operada por los Caston y los Robert-Houdin. Por lo demás, la perra no parecía darse cuenta de que flotaba en el aire.

Sorprendidos, estupefactos a pesar de sus razonamientos científicos, los tres audaces camaradas arrebatados al mundo de lo maravilloso sentían que sus cuerpos no experimentaban la gravedad. Estiraban los brazos, y éstos ya no tendían a caer. Las cabezas oscilaban sobre los hombros. Sus pies ya no se mantenían en el fondo del proyectil. Eran como borrachos que hubieran perdido la estabilidad. La fantasía ha creado hombres sin reflejos, otros sin sombra. ¡Pero aquí la realidad, mediante la neutralización de las fuerzas de atracción, hacía hombres sobre los que nada pesaba, ni pesaban ellos mismos!

De pronto Michel, tomando cierto impulso, se despegó del fondo y permaneció suspendido en el aire como el monje en **La cocina de los ángeles,** de Murillo. Sus dos amigos le imitaron al instante y los tres, en el centro del proyectil, figuraban una ascensión milagrosa.

◀Julio Verne, **Alrededor de la luna.**

# Diálogo con maoríes

**Un auteur prophétisait la fin de l'Eternel. Nous nous contenterons de travailler à la fin de l'Immobile.**

René Crevel, **Le clavecin de Diderot.**

**—Un pasito más adelante y corrasén de costado que hay lugar...**

Un guarda de ómnibus en Buenos Aires.

Crevel y el guarda tienen razón; la realidad es flexible y porosa, y la repartición escolástica entre física y metafísica pierde todo sentido apenas nos negamos a aceptar lo inmóvil, apenas nos corremos un paso más adelante y en lo posible de costado. No estoy hablando de empresas filosóficas, me refiero al pan con manteca por la mañana o la cita que tenemos con Esther a las ocho y media en el **Gaumont Rive Gauche,** indico solamente cómo quedarse es la física y correrse la metafísica, y además que basta correrse para que quedarse descienda al nivel de las observaciones que podría hacer un rinoceronte acerca de una escultura de Brancusi.

Polanco le preguntó un día a Calac qué entendía por esas frases llenas de pan con manteca y mamíferos paquidermos.

—Algo muy sencillo, che —dijo Calac—. Primero, eliminá eso de física y metafísica que parecen las dos manivelas del fútbol de mesa. Si vos, en el momento en que le untás la manteca al pan (te recomiendo la de Isigny que es la mejor) sos capaz de enlazar ese conjunto donde entran tu apetito, los ingredientes citados y un cuchillo, con por ejemplo una frase de una sonata de Chopin o uno de esos recuerdos recurrentes que por algo son recurrentes, te darás cuenta de que al margen de las asociaciones analógicas se abre una segunda opción, la de entender el producto como realidad enriquecida en el sentido en que los físicos hablan de uranio o de plutonio enriquecido. Inmediatamente, si persistís, si todos tus actos-vida de esa hora o de ese día se arman dentro de esa tendencia a salirte de vos mismo, a enlazar con otras manifestaciones físicas o psíquicas como ya lo sabían los románticos

más visionarios, el resultado será que en las últimas etapas de esa secuencia llegarás a una especie de colmena porosa, de grandísima chimenea en lo real apenas digas: «Qué bonita es esa rubia», o te ates los cordones de los zapatos. Una praxis, che, una praxis, seamos serios.

—Pero eso lo hace todo poeta —dijo Polanco decepcionado.

—Claro que lo hace, pero después lo expresa en su poesía y vos sabés que la gente lee casi siempre la poesía como un momento excepcional, fórmula excelente para volverse luego a la prosa y no agitarse demasiado. Por eso te digo que el consejo del guarda del ómnibus hay que aplicarlo a la vida banana, a la vida dentífrico, a la vida buenos días mamá, que si te fijás bien es el noventa y ocho por ciento de la vida que llevamos. Al final es lo que dijo el Conde, la verdadera poesía tendrá que ser hecha por todos y no por uno solo. Y la elasticidad, el corrimiento y la refalada entre el jamón y el pan son la única manera de irla haciendo al uso nostro, aparte de que con los centavos se hacen los pesos como me enseñó mi maestra de tercer grado.

—Vos al pan lo metés en casi todos tus ejemplos —dijo Polanco—. Si entendí bien, ¿proponés la esponja contra la piedra pómez?

—Te salvarás, hermano, te salvarás —dijo Calac entusiasmado—. Vos te has dado cuenta de que por los intersticios vivos nos iremos asomando al númeno. Nunca me convenció Kant de que estábamos definitivamente limitados; mientras él lo afirmaba, un tal Jean-Paul (Richter, no te confundás) y un tal Novalis ya bailaban con un ritmo que la pedantería no me impedirá llamar cósmico, y obedecían al guarda del ómnibus a un punto que terminaban saliéndose por las ventanillas, que es lo que deberíamos hacer todos. Negar la supuesta unidad y finitud de los hechos,

**Un cántico se elevaba en las canoas. Un indígena entonaba la oda patriótica del misterioso «Pihé»:**

> **Papa ra ti wati tidi**
> **I dunga nei...**

**hinno nacional que exalta a los maoríes en su guerra de independencia.**

JULIO VERNE, **Los hijos del capitán Grant.**

ahí está la cosa. Ayer se murió el doctor Noriega; es un hecho, y tomarlo así es el hecho de todos. Pero entonces yo escucho al ogro de que hablaba Frazer en **The Golden Bough,** el ogro que mediatizaba y serializaba su muerte: «Mi muerte está lejos de aquí en el vasto océano, y es difícil de encontrar. En ese mar hay una isla, y en la isla crece un verde roble, y bajo el roble hay un cofre de hierro, y en el cofre hay una cestita, y en la cestita hay una liebre, y en la liebre hay un pato, y en el pato hay un huevo; y el que encuentre el huevo y lo casque, ése me matará al mismo tiempo.» El ogro podía haber sido guarda de ómnibus, no te parece.

—Sobre todo en la línea **La Palma** que a lo mejor conociste de muchacho —dijo Polanco nostálgico—. Yo tomaba ese ómnibus en una esquina de la Avenida San Martín para ir del lado de Floresta a visitar un rebusque que tenía, pero tardaba tanto en llegar que al final mi noviecita me colgó la galleta, sospechándome otras proclividades la muy estúpida. Lo que pasaba, según teníamos tiempo de debatirlo en la esquina los cinco o seis giles que esperábamos con un calor horrible, era que **La Palma** contaba a gatas con un vehículo o dos para un trayecto de más de siete kilómetros, mirá vos si la municipalidad no era propio un asco.

—¿Y qué tiene que ver el ogro con eso?

—Nada, que una vez esperamos tanto que el calor empezó a insolar a varios de esos ñatos que te ultiman porque no les gusta como silbás «La payanca» o porque ese día les toca, y cuando al final llegó el ómnibus se agarraron a trompadas con el chofer y con el guarda y entonces nos quedamos todos sin viajar ese día y más de cuatro presos y contusos.

—Eso era casi la palma del martirio —observó Calac.



rebusque

—Seguro, pero el ogro hubiera venido bien para serializar, como decís vos, unas cuantas pateaduras bien pegadas en otros niveles del sector de los transportes, y ya se sabe que una pateadura trae la otra, y quién te dice. Eso sin hablar de que mi prometida me esperaba con mate y tortas fritas.

—¿Vos estás enterado de cómo entró Buda en el nirvana? —quiso saber Calac.

Polanco no estaba enterado, pero Calac lo dejó en la ignorancia y en cambio insistió en la elasticidad de que podían ser capaces dos nociones o dos evidencias contrarias, que según él se situaban binariamente por pura pereza vital, por no hacerle caso al guarda. Le citó una frase de Lezama Lima: «Un médico nuestro sólo aprecia dos ritmos cardiacos, allí donde un médico chino logra encontrar cuatrocientos sonidos bien diferenciados.» A Polanco cuatrocientos sonidos le parecían demasiados, pero Calac despreció su reparo por literal.

—Si no sos capaz de apreciar el sentido de este apotegma amarillo reflejándose en un espejo cubano —observó compadecido—, enterate por lo menos de cómo pasan cosmogónicamente del caos al espacio los maoríes. Sí, los maoríes, esos atrasados con la cara llena de tatuajes. Ahí donde los ves han intuido que entre la confusión original y el orden previo a la concepción de un tiempo y un espacio racionales, no hay nuestro fulminante **fiat lux** y un ponerse a fabricar en serie la creación. Sospechan que ya del caos a la materia hay un proceso sutilísimo, y tratan de figurarlo cosmogónicamente. Te advierto que ni siquiera llegan a la materia, porque son tantas las fases preliminares que uno ya está cansado en los aprontes. Me limitaré a enumerarte los pasos entre lo caótico y un primer estado que hará posible la creación y la especialización de la materia, digamos entre un caos y un espacio antropo-



105
APRONTES - Carrera de prueba de los caballos

lógico. Vos contá con los dedos y verás que de alguna manera los cuatrocientos sonidos del chino no son nada al lado de esto.

—¿Pero vos de dónde sacás esos datos? —preguntó estupefacto Polanco.

—De un libro que me prestó Bud Flakoll y que ya le devolví. Los primeros pasos maoríes hacia la creación son los siguientes: hay el vacío original, y a ese vacío le siguen: el primer vacío, el segundo vacío, el vasto vacío, el extendidísimo vacío, el seco vacío, el vacío generoso, el vacío delicioso, el vacío atado, la noche, la noche suspendida, la noche fluyente, la noche gimiente, la hija del sueño intranquilo, la alborada, el día permanente, el día brillante, y por último el espacio.

—Dios querido —dijo Polanco.

—Comprenderás que la traducción es un tanto libre —explicó modestamente Calac— teniendo en cuenta que esas cosas se llaman Te Po-teki, Te Powhawha y otros fonemas por el estilo.

# Clifford

Esa difícil costumbre de que esté muerto. Como Bird, como Bud, **he didn't stand the ghost of a chance**, pero antes de morir dijo su nombre más oscuro, sostuvo largamente el filo de un discurso secreto, húmedo de ese pudor que tiembla en las estelas griegas donde un muchacho pensativo mira hacia la blanca noche del mármol. Allí la música de Clifford ciñe algo que escapa casi siempre en el jazz, que escapa casi siempre en lo que escribimos o pintamos o queremos. De pronto hacia la mitad se siente que esa trompeta que busca con un tanteo infalible la única manera de rebasar el límite, es menos soliloquio que contacto. Descripción de una dicha efímera y difícil, de un arrimo precario: antes y después, la normalidad. Cuando quiero saber lo que vive el shamán en lo más alto del árbol de pasaje, cara a cara con la noche fuera del tiempo, escucho una vez más el testamento de Clifford Brown como un aletazo que desgarra lo continuo, que inventa una isla de absoluto en el desorden. Y después de nuevo la costumbre, donde él y tantos más estamos muertos.

Remember Clifford **(Clifford Brown**, 1930-1956), **disco Mercury** MCL 268. Ghost of a Chance **(Young-Crosby)** es el penúltimo trozo de la segunda cara.

¡Sí, señor Fogg! ¡Apuesto cuatro mil libras!
La vuelta al mundo en ochenta días

# Noches en los ministerios de Europa

Vale la pena ser traductor **free-lance** porque poco a poco se van conociendo de noche los ministerios de Europa, y es muy extraño y está lleno de estatuas y de pasillos donde cualquier cosa podría ocurrir y a veces ocurre. Cuando se dice ministerio conviene entender ministerio pero también tribunal de justicia o palacio legislativo, en general enormes artefactos de mármol con muchísimas alfombras y lúgubres ujieres que según el año y el lugar hablan en finlandés, en inglés, en danés o en farsi. Así he conocido un ministerio de Lisboa, después el Dean's Yard de Londres, un ministerio de Helsinki, una ominosa dependencia oficial en Washington, D. C., el palacio del senado de Berna, y no sigo por modestia pero agrego que siempre era de noche, es decir que si también los conocía de mañana o de tarde mientras trabajaba en las conferencias de las que eran sede momentánea, el verdadero y furtivo conocimiento ocurría de noche y de eso me jacto, porque no sé si otros habrán conocido tantos ministerios de Europa por la noche, cuando pierden la sílaba que los enmascara y se vuelven lo que quizá realmente son, bocas de sombra, entradas de báratro, citas con un espejo donde ya no se reflejan las corbatas o las mentiras del mediodía.

Siempre pasaba así: las sesiones de trabajo se prolongaban hasta tarde, y era un país casi desconocido donde se hablaban lenguas que dibujaban en el oído toda clase de objetos y poliedros inconducentes, es decir que en general no servía de nada entender algunas palabras que luego querían decir otra cosa y casi siempre remitían a un pasillo que en vez de llevar a la calle acababa en los archivos del sótano o en un guardián demasiado cortés para no ser inquietante. En Copenhague, por ejemplo, el ministerio donde trabajé una semana tenía un ascensor como no he visto en ninguna parte, un ascensor **abierto** que funcionaba sin fin como las escaleras rodantes, pero en vez de la tranquilidad que dan esos mecanismos en la medida en que si se calcula mal la entrada a un peldaño lo peor que puede suceder es que el zapato calce en el siguiente con una sacudida desagradable, el ascensor del ministerio de Copenhague proponía un vasto agujero negro del cual iban emergiendo lentamente las jaulas abiertas a las que había que entrar en el momento justo y dejarse llevar hacia arriba o abajo viendo pasar uno tras otro los pisos que daban a regiones desconocidas y siempre tenebrosas, o peor todavía, como me ocurrió por una manía suicida de la que nunca me arrepentiré demasiado, llegando al punto en que las jaulas, alcanzado el último piso, entraban en un arco de círculo completamente a oscuras y cerrado donde uno se sentía al borde de una abominable revelación porque además de la tiniebla había un largo segundo crujiente y bamboleante mientras la jaula franqueaba la zona entre el ascenso y el descenso, el misterioso fiel de la balanza. Desde luego se terminaba por entender ese ascensor y más tarde hasta era divertido subir a una de las jaulas y fumar un cigarrillo dando vueltas y dejándose mirar ocho o nueve veces por los ujieres de los diferentes pisos que estupefactos contemplaban al de ninguna manera dinamarqués pasajero que no terminaba de bajarse, de entrar en una conducta coherente, pero de noche no había ujieres y en realidad no había nadie salvo algún sereno a la espera de que los cuatro o cinco traductores termináramos nuestro trabajo, y precisamente entonces yo echaba a andar por el ministerio y así los fui conociendo a todos y a lo largo de quince años agregué habitaciones a mis pesadillas, les sumé galerías y ascensores y escalinatas con estatuas negras, las decoré con banderas y salones de aparato y curiosos encuentros.

Basta quizá la imaginación para comprender el privilegio de esas estancias en los ministerios, el hecho casi increíble de que un extranjero pudiese vagar a medianoche por recintos a los que jamás hubiera tenido acceso un nacional del país. El guardarropa del Dean's Yard en Londres, por ejemplo, sus filas de perchas cada una con su etiqueta y a veces un portafolio o una gabardina o un sombrero que permanecían allí vaya a saber por qué extraños hábitos del honorable Cyril Romney o del doctor Humphrey Barnes, Ph.D. ¿Qué increíble juego de irracionalidades había permitido que un argentino sardónico pudiera pasearse a esa hora entre las perchas, abrir los portafolios o estudiar el forro de los sombreros? Pero lo que más me alucinaba era volver al ministerio en plena noche (siempre había documentos de última hora por traducir), franqueando una entrada lateral, una auténtica puerta del fantasma de la Ópera con un guardián que me dejaba entrar sin pedirme siquiera la tarjeta de pase, dejándome libre y casi solo, a veces completamente solo en el ministerio lleno de archivos y gavetas y obstinadas alfombras. Atravesar la plaza desierta, acercarme al ministerio y buscar la puertecita lateral, observado alguna vez con recelo por indígenas trasnochadores que jamás podrían entrar así en lo que era de algún modo su propia casa, su ministerio, esa ruptura escandalosa de una realidad coherente y finlandesa me sumía desde el comienzo en un estado propicio a lo que esperaba dentro, la lenta y furtiva divagación por corredores y escaleras y despachos vacíos. Mis escasos colegas preferían circunscribirse al territorio familiar de la oficina donde trabajábamos, los tragos de

whisky o de slíbovitz antes de la última tanda de documentos urgentes; a mí algo me citaba a esa hora, tenía un poco de miedo pero con el cigarrillo en la boca me iba por los pasillos, dejaba atrás la sala de trabajo iluminada, empezaba a explorar el ministerio. Ya he hablado de estatuas negras, me acuerdo ahora de los enormes simulacros en las galerías del senado de Berna, en una oscuridad apenas estorbada por una que otra bombilla azul, sus bultos erizados de lanzas, osos y banderas que me precedían irónicamente hasta que empezaba la primera interminable galería; allí los pasos resonaban distintamente, marcando cada vez más la soledad, la distancia que me iba separando de lo conocido. Nunca me han gustado las puertas cerradas, los corredores donde una doble hilera de marcos de roble prolonga un sordo juego de repeticiones. Cada puerta me sitúa frente a la imposibilidad exasperante de vivir una habitación vacía, de saber lo que es una habitación cuando está vacía (no hablo de imaginarla o de definirla, tareas superficiales que consolarán a otros); el pasillo del ministerio, de cualquiera de esos ministerios a medianoche donde las salas no sólo estaban vacías sino que me eran desconocidas (¿habría grandes mesas con carpetas verdes, archivos, secretarías o antesalas con pinturas y diplomas, de qué color serían los tapices, qué forma tendrían los ceniceros, no se habría quedado un secretario muerto dentro de un placard, **no habría una mujer juntando los papeles** en la antesala del presidente de la Corte Suprema?), la lenta marcha por el exacto medio del pasillo, no demasiado cerca de las puertas cerradas, la marcha que en algún momento me devolvería a la zona iluminada, a la lengua española en bocas familiares. En Helsinki di una noche con un corredor que hacía un codo inesperado en la

PAUL DELVAUX, **La mer est proche (detalles): Nu à l'escalier (detalle)** (pp. 112, 116, 118).

regularidad del palacio; una puerta se abrió sobre una vasta habitación donde la luna era ya el comienzo de una pintura de Paul Delvaux; llegué a un balcón y descubrí un jardín secreto, el jardín del ministro o del juez, un pequeño jardín entre altas paredes. Se bajaba por una escalerilla de hierro al borde del balcón, y todo era en escala mínima, como si el ministro fuera un turbio enano. Cuando otra vez sentí la incongruencia de estar en ese jardín dentro de un palacio dentro de una ciudad dentro de un país a miles de kilómetros de ese yo habitual de todos los días, recordé el blanco unicornio prisionero en el pequeño recinto prisionero en el tapiz azul prisionero en el Cloister's prisionero en Nueva York. Al pasar otra vez por la gran sala vi un fichero sobre un escritorio y lo abrí: todas las fichas estaban en blanco. Tenía un lápiz de fieltro que escribía azul, y antes de irme dibujé cinco o seis laberintos y los agregué a las otras fichas; me divierte imaginar que una finlandesa estupefacta se topó alguna vez con mis dibujos y que acaso hay un expediente que sigue su marcha, funcionarios que preguntan, secretarios consternados.

Antes de dormirme recuerdo a veces todos los ministerios de Europa que conocí de noche, la memoria los va barajando hasta no dejar más que un interminable palacio en la penumbra; afuera puede ser Londres o Lisboa o Nueva Delhi, pero el ministerio es ya uno solo y en algún rincón de ese ministerio está lo que me citaba por las noches y me hacía vagar medroso por escaleras y pasillos. Acaso todavía me quedan algunos ministerios por delante y no he llegado todavía a la cita; otra vez encenderé un cigarrillo para que me acompañe mientras me pierdo en los salones y los ascensores, buscando vagamente algo que ignoro y que no quisiera encontrar.

JUAN ESTEBAN FASSIO

# De otra máquina célibe

**Fabriquées à partir du langage, les machines sont cette fabrication en acte; elles sont leur propre naissance répétée en elles-mêmes; entre leurs tubes, leurs roues dentées, leurs systèmes de métal, l'écheveau de leur fils, elles emboîtent le procedé dans lequel elles sont emboîtés.**

**Michel Foucault,** Raymond Roussel.

**N'est-ce pas des Indes que Raymond Roussel envoya un radiateur électrique à une amie qui lui demandait un souvenir** rare **de là-bas?**

**Roger Vitrac,** Raymond Roussel.

No tengo a mano los medios de comprobarlo, pero en el libro de Michel Sanouillet sobre Marcel Duchamp se afirma que el **marchand du sel** estuvo en Buenos Aires en 1918.☞ Por misterioso que parezca, ese viaje debió responder a la legislación de lo arbitrario cuyas claves seguimos indagando algunos irregulares de la literatura, y por mi parte estoy seguro de que su fatalidad la prueba la primera página de las **Impressions d'Afrique:** «El 15 de marzo de 19..., con la intención de hacer un largo viaje por las curiosas regiones de la América del Sud, me embarqué en Marsella a bordo del **Lyncée,** rápido paquebote de gran tonelaje destinado a la línea de Buenos Aires.» Entre los pasajeros que llenarían con la poesía de lo excepcional el libro incomparable de Raymond Roussel, no podía faltar Duchamp que debió viajar de incógnito pues jamás se habla de él, pero que sin duda jugó al ajedrez con Roussel y habló con la bailarina Olga Tcherwonenkoff cuyo primo, establecido desde joven en la República Argentina, acababa de morir dején-

☞ Michel Sanouillet, **Marchand du sel,** Le Terrain Vague, Paris 1958, p. 7.

dole una pequeña fortuna amasada con plantaciones de (sic) café. Tampoco cabe dudar de que Duchamp trabara amistad con personas tales como Balbet, campeón de pistola y esgrima, con La Ballandière-Maisonnial, inventor de un florete mecánico, y con Luxo, pirotécnico que iba a Buenos Aires para lanzar en las bodas del joven barón Ballesteros un fuego artificial que desplegaría la imagen del novio en el espacio, idea que según Roussel denunciaba el rastacuerismo del millonario argentino pero que, agrega, no carecía de originalidad. Menos probable me parece que se relacionara con los miembros de la compañía de operetas o con la trágica italiana Adinolfa, pero es seguro que habló largamente con el escultor Fuxier, creador de imágenes de humo y de bajorrelieves líquidos; en resumen, no es difícil deducir que buena parte de los pasajeros del **Lyncée** debieron interesar a Duchamp y beneficiarse a su vez del contacto con alguien que de alguna manera los contenía virtualmente a todos.

Como es lógico, la crítica seria sabe que **todo esto no es posible,** primero porque el **Lyncée** era un navío imaginario, y segundo porque Duchamp y Roussel no se conocieron nunca (Duchamp cuenta que vio una sola vez a Roussel en el café de **La Régence,** el del poema de César Vallejo, y que el autor de **Locus Solus** jugaba al ajedrez con un amigo. «Creo que omití presentarme», agrega Duchamp).☜ Pero hay otros para quienes esos inconvenientes físicos no desmienten una realidad más digna de fe. No solamente Duchamp y Roussel viajaron a Buenos Aires, sino que en esta ciudad habría de manifestarse una réplica futura enlazada con ellos por razones que tampoco la crítica seria tomaría demasiado en cuenta. Juan Esteban

☞ Jean Schuster, **Marcel Duchamp, vite,** en **Bizarre,** No. 34/5, 1964.

Fassio abrió el terreno preparatorio inventando en pleno Buenos Aires una máquina para leer las **Nouvelles impressions d'Afrique** en la misma época en que yo, sin conocerlo, escribía los primeros monólogos de Persio en **Los premios** apoyándome en un sistema de analogías fonéticas inspirado por el de Roussel; años más tarde Fassio se aplicaría a crear una nueva máquina destinada a la lectura de **Rayuela**, completamente ajeno al hecho de que mis trabajos más obsesionantes de esos años en París eran los raros textos de Duchamp y las obras de Roussel. Un doble impulso abierto convergía poco a poco hacia el vértice austral donde Roussel y Duchamp volverían a encontrarse en Buenos Aires cuando un inventor y un escritor que quizá años atrás también se habían mirado de lejos en algún café del centro, omitiendo presentarse, coincidieran en una máquina concebida por el primero para facilitar la lectura del segundo. Si el **Lyncée** naufragó en las costas africanas, algunos de sus prodigios llegaron a estas tierras y la prueba está en lo que sigue, que se explicará como en broma para despistar a los que buscan con cara solemne el acceso a los tesoros.

## Cronopios, vino tinto y cajoncitos

Por Paco y Sara Porrúa, dos lados del indefinible polígono que va urdiendo mi vida con otros lados que se llaman Fredi Guthmann, Jean Thiercelin, Claude Tarnaud y Sergio de Castro (puede haber otros que ignoro, partes de la figura que se manifestarán algún día o nunca), conocí a Juan Esteban Fassio en un viaje a la Argentina, creo que hacia 1962. Todo empezó como debía, es decir en el café de la estación de Plaza Once, porque cualquiera que tenga un sentimiento sagaz de lo que es el café de una estación ferroviaria comprenderá que allí los encuentros y los desencuentros tenían que darse de entrada en un territorio marginal, de tránsito, que eran cosa **de borde.** Esa tarde hubo como una oscura voluntad material y espesa, un alquitrán negativo contra Sara, Paco, mi mujer y yo que debíamos encontrarnos a esa hora y nos desencontramos, nos telefoneamos, buscamos en las mesas y los andenes y acabamos por reunirnos al cabo de dos horas de interminables complicaciones y una sensación de estar abriéndonos paso los unos hacia los otros como en las peores pesadillas en que todo se vuelve postergación y goma. El plan era ir desde allí a la casa de Fassio, y si en el momento no sospeché el sentido de la resistencia de las cosas a esa cita y a ese encuentro, más tarde me pareció casi fatal en la medida en que todo orden establecido se forma en cuadro frente a una sospecha de ruptura y pone sus peores fuerzas al servicio de la **continuación.** Que todo siga como siempre es el ideal de una realidad a la medida burguesa y burguesa ella misma (por ser de medida); Buenos Aires y especialmente el café del Once se coaligaron sordamente para evitar un encuentro del que no podía salir nada bueno para la República. Pero lo mismo llegamos a la calle Misiones (hay nombres que...), y antes de las ocho de la noche estábamos bebiendo el primer vaso de vino tinto con el Proveedor Propagador en la Mesembrinesia Americana, Administrador Antártico y Gran Competente OGG, además de regente de la cátedra de trabajos prácticos rousselianos. Tuve en mis manos la máquina para leer las **Nouvelles impressions d'Afrique,** y también la valija de Marcel Duchamp; Fassio, que hablaba poco, servía en cambio unos sándwiches de tamaño natural y mucho vino tinto, y acabó sacando una kodak del tiempo de los pterodáctilos con la que nos fotografió a todos debajo de un paraguas y en otras actitudes dignas de las circunstancias. Poco después volví a Francia, y dos años más tarde me llegaron los **documentos,** anunciados sigilosamente por Paco Porrúa que había participado con Sara en la etapa experimental de la lectura mecánica de **Rayuela.** No me parece inútil reproducir ante todo el membrete y encabezamiento de la trascendental comunicación:

**INSTITUTO DE ALTOS ESTUDIOS PATAFISICOS DE BUENOS AIRES**

CATEDRA DE TRABAJOS
PRACTICOS ROUSSELIANOS
Comisión de Rayuela
Subcomisiones Electrónica y de
Relaciones Patabrownianas

Seguían diversos diagramas, proyectos y diseños, y una hojita con la explicación general del funcionamiento de la máquina, así como fotos de los científicos de las Subcomisiones Electrónica y de Relaciones Patabrownianas en plena labor. Personalmente nunca entendí demasiado la máquina, porque su creador no se dignó facilitarme explicaciones complementarias, y como no he vuelto a la Argentina sigo sin comprender algunos detalles del delicado mecanismo. Incluso sucumbo a esta publicación quizá prematura e inmodesta con la esperanza de que algún lector ingeniero descifre los secretos de la RAYUEL-O-MATIC, como se denomina la máquina en uno de los diseños que, lo diré

L'AMEU

*Collecti*

*E. Maincent.*

BUFFET GE

EMENT

*imple*

LOUIS XVI

abiertamente, me parece culpable de una frívola tendencia a introducirla en el comercio, sobre todo por la nota que aparece al pie:

Se habrá advertido que la verdadera máquina es la que aparece a la izquierda; el mueble con aire de triclinio es desde luego un auténtico triclinio, puesto que Fassio comprendió desde un comienzo que **Rayuela** es un libro para leer en la cama a fin de no dormirse en otras posiciones de luctuosas consecuencias. Los diseños 4 y 5 ilustran admirablemente esta ambientación favorable, sobre todo el número 5 donde no faltan ni el mate ni el porrón de ginebra (juraría que también hay una tostadora eléctrica, lo que me parece una pituquería):

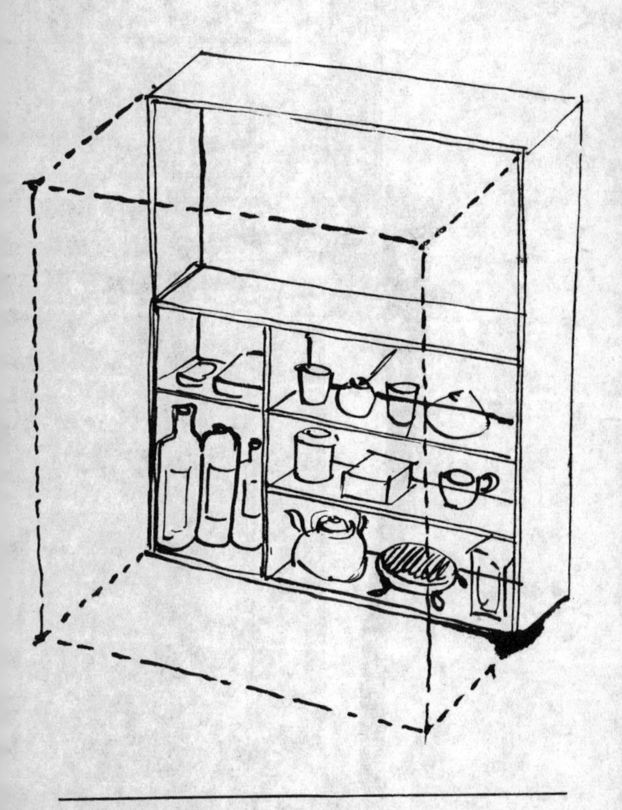



triclinio - comedor con tres lechos alrededor - Roma

pituquería

BUFFET
ARGENTIER
LOUIS, XV

Nunca entenderé por qué algunos diseños venían numerados mientras otros se dejaban situar en cualquier parte, temperamento que he imitado respetuosamente. Pienso que éste dará una idea general de la máquina:

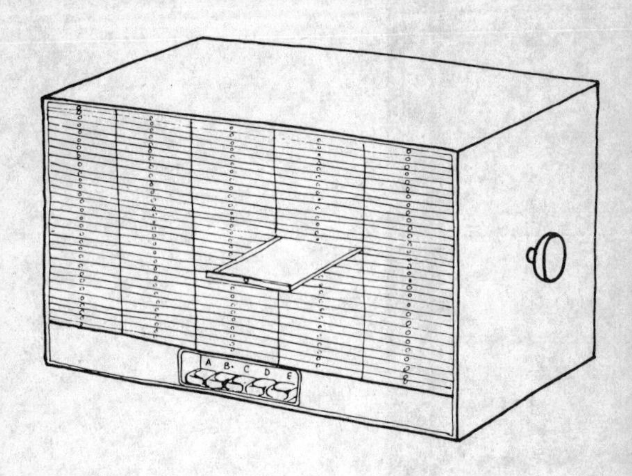


No hay que ser Werner von Braun para imaginar lo que guardan las gavetas, pero el inventor ha tenido buen cuidado de agregar las instrucciones siguientes:

A.—Inicia el funcionamiento a partir del capítulo 73 (sale la gaveta 73); al cerrarse ésta se abre la No. 1, y así sucesivamente. Si se desea interrumpir la lectura, por ejemplo en mitad del capítulo 16, debe apretarse el botón antes de cerrar esta gaveta.

B.—Cuando se quiera reiniciar la lectura a partir del momento en que se ha interrumpido, bastará apretar este botón y reaparecerá la gaveta No. 16, continuándose el proceso.

C.—Suelta todos los resortes, de manera que pueda elegirse cualquier gaveta con sólo tirar de la perilla. Deja de funcionar el sistema eléctrico.



perilla - KNOB - earlobe / pear shaped

D.—Botón destinado a la lectura del Primer Libro, es decir, del capítulo 1 al 56 de corrido. Al cerrar la gaveta No. 1, se abre la No. 2, y así sucesivamente.

E.—Botón para interrumpir el funcionamiento en el momento que se quiera, una vez llegado al circuito final: 58 - 131 - 58 - 131 - 58, etcétera.

F.—En el modelo con cama, este botón abre la parte inferior, quedando la cama preparada.

Los diseños 1, 2 y 3 permiten apreciar el modelo con cama, así como la forma en que sale y se abre esta última apenas se aprieta el botón F.

Atento a las previsibles exigencias estéticas de los consumidores de nuestras obras, Fassio ha previsto modelos especiales de la máquina en estilo Luis XV y Luis XVI.

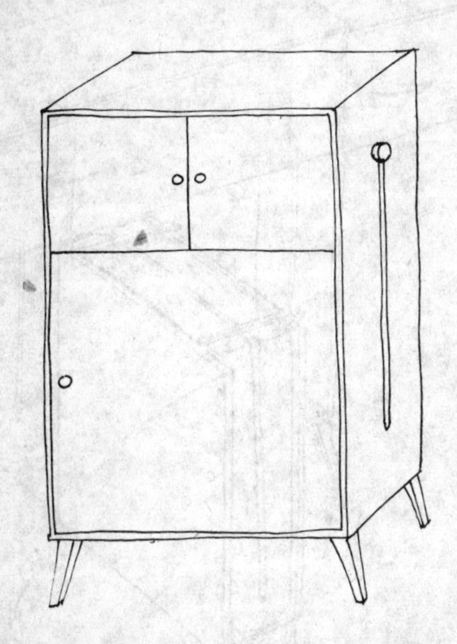

En una referencia complementaria se alude a un botón G, que el lector apretará en caso extremo, y que tiene por función hacer saltar todo el aparato.

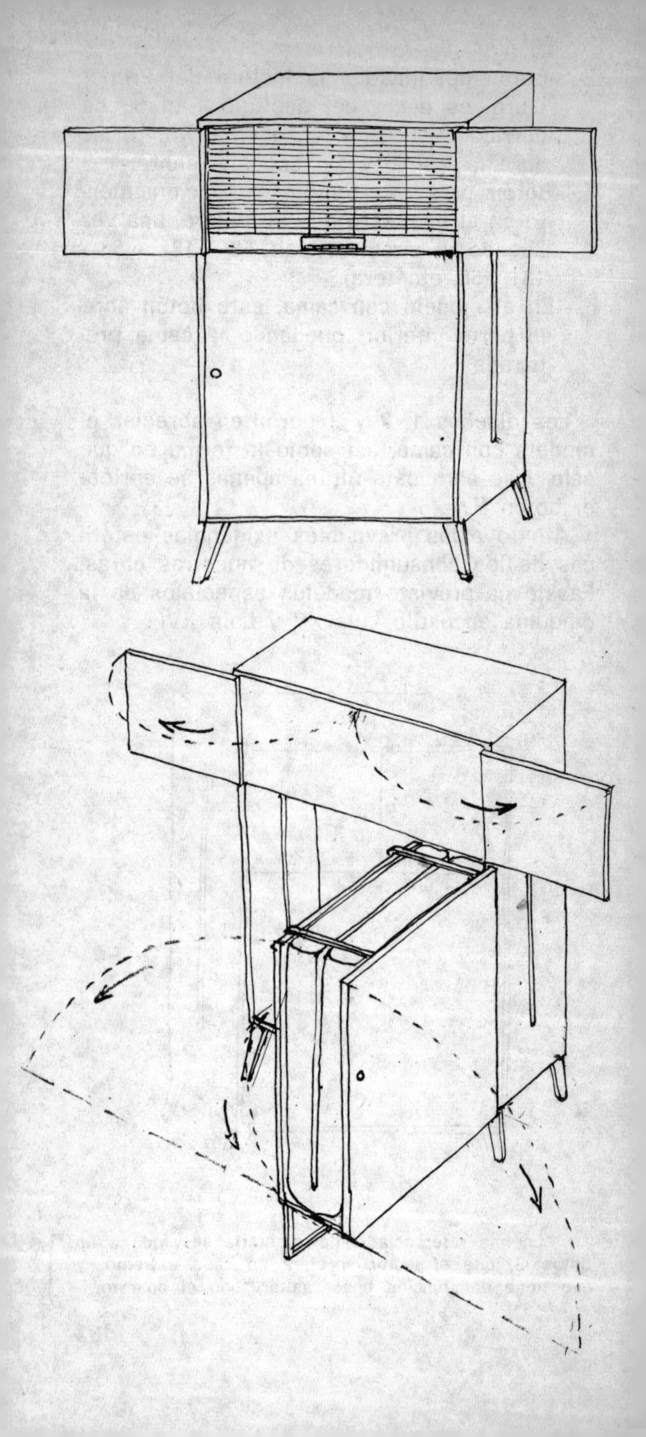

En la imposibilidad de enviarme la máquina por razones logísticas, aduaneras e incluso estratégicas que el Colegio de Patafísica no está en condiciones ni ánimo de estudiar, Fassio acompañó los diseños con un gráfico de la lectura de **Rayuela** (en la cama o sentado).

La interpretación general no es difícil: se indican claramente los puntos capitales comenzando por el de partida (73), el capítulo emparedado (55) y los dos capítulos del ciclo final (58 y 131). De la lectura surge una proyección gráfica bastante parecida a un garabato, aunque quizá los técnicos puedan explicarme algún día por qué los pasos se amontonan tanto hacia los capítulos 54 y 64. El análisis estructural utilizará con provecho estas proyecciones de apariencia despatarrada; yo le deseo buena suerte.

# Gardel

**Este texto se publicó en la revista SUR, de Buenos Aires, hacia fines de 1953.**

Hasta hace unos días, el único recuerdo argentino que podía traerme mi ventana sobre la rue de Gentilly era el paso de algún gorrión idéntico a los nuestros, tan alegre, despreocupado y haragán como los que se bañan en nuestras fuentes o bullen en el polvo de las plazas.

Ahora unos amigos me han dejado una victrola y unos discos de Gardel. En seguida se comprende que a Gardel hay que escucharlo en la victrola, con toda la distorsión y la pérdida imaginables; su voz sale de ella como la conoció el pueblo que no podía escucharlo en persona, como salía de zaguanes y de salas en el año veinticuatro o veinticinco. Gardel-Razzano, entonces: **La cordobesa, El sapo y la comadreja, De mi tierra.** Y también su voz sola, alta y llena de quiebros, con las guitarras metálicas crepitando en el fondo de las bocinas verde y rosa: **Mi noche triste, La copa del olvido, El taita del arrabal.** Para escucharlo hasta parece necesario el ritual previo, darle cuerda a la victrola, ajustar la púa. El Gardel de los **pickups** eléctricos coincide con su gloria, con el cine, con una fama que le exigió renunciamientos y traiciones. Es más atrás, en los patios a la hora del mate, en las noches de verano, en las radios a galena o con las primeras lamparitas, que él está en su verdad, cantando los tangos que lo resumen y lo fijan en las memorias. Los jóvenes prefieren al Gardel de **El día que me quieras,** la hermosa voz sostenida por una orquesta que lo incita a engolarse y a volverse lírico. Los que crecimos en la amistad de los primeros discos sabemos cuánto se perdió de **Flor de fango** a **Mi Buenos Aires querido,** de **Mi noche triste** a

**Sus ojos se cerraron.** Un vuelco de nuestra historia moral se refleja en ese cambio como en tantos otros cambios. El Gardel de los años veinte contiene y expresa al porteño encerrado en su pequeño mundo satisfactorio: la pena, la traición, la miseria, no son todavia las armas con que atacarán, a partir de la otra década, el porteño y el provinciano resentidos y frustrados. Una última y precaria pureza preserva aún del derretimiento de los boleros y el radioteatro. Gardel no causa, viviendo, la historia que ya se hizo palpable con su muerte. Crea cariño y admiración, como Legui o Justo Suárez; da y recibe amistad, sin ninguna de las turbias razones eróticas que sostienen el renombre de los cantores tropicales que nos visitan, o la mera delectación en el mal gusto y la canallería resentida que explican el triunfo de un Alberto Castillo. Cuando Gardel canta un tango, su estilo expresa el del pueblo que lo amó. La pena o la cólera ante el abandono de la mujer son pena y cólera concretas, apuntando a Juana o a Pepa, y no ese pretexto agresivo total que es fácil descubrir en la voz del cantante histérico de este tiempo, tan bien afinado con la histeria de sus oyentes. La diferencia de tono **moral** que va de cantar «¡Lejana Buenos Aires, qué linda que has de estar!» como la cantaba Gardel, al ululante «¡Adiós, pampa mía!» de Castillo, da la tónica de ese viraje a que aludo. No sólo las artes mayores reflejan el proceso de una sociedad.

Escucho una vez más **Mano a mano,** que prefiero a cualquier otro tango y a todas las grabaciones de Gardel. La letra, implacable en su balance de la vida de una mujer que es una mujer de la vida, contiene en pocas estrofas «la suma de los actos» y el vaticinio infalible de la decadencia final. Inclinado sobre ese destino, que por un momento convivió, el cantor no expresa cólera ni despecho. Rechiflao en su tristeza, la evoca y ve

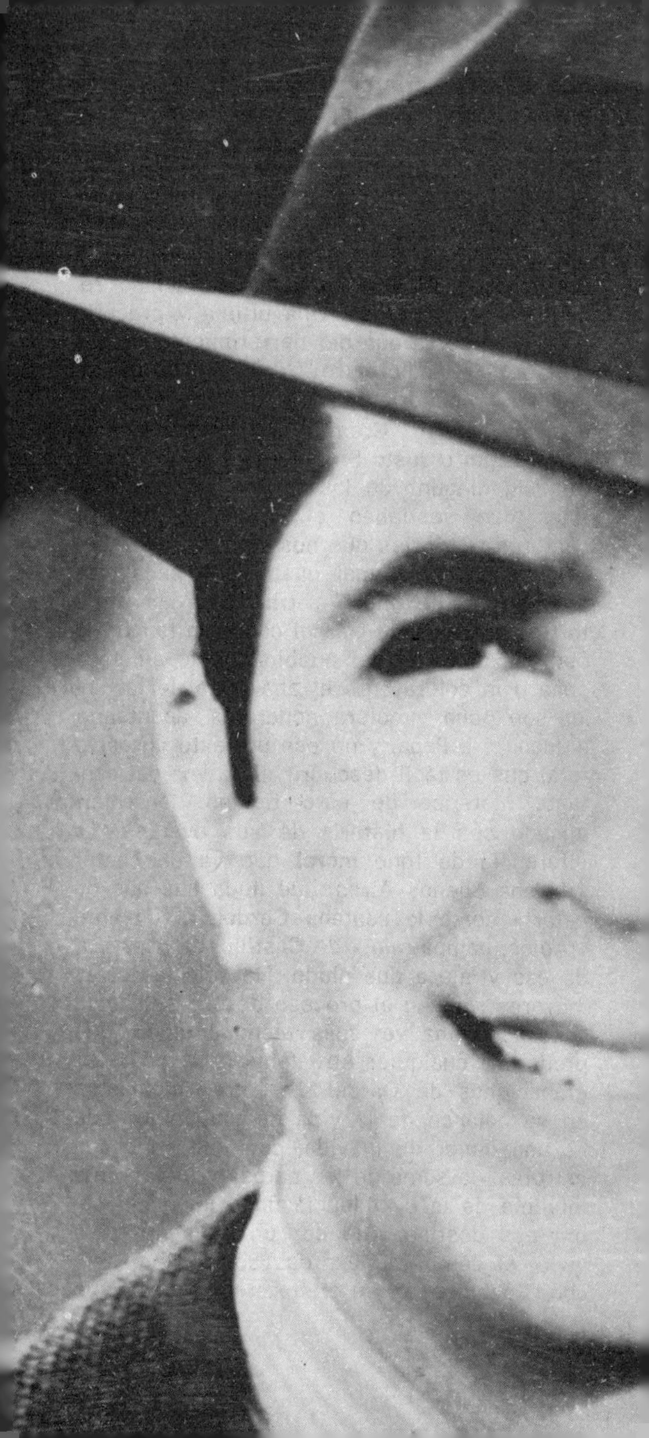

que ha sido en su pobre vida paria sólo una buena mujer. Hasta el final, a pesar de las apariencias, defenderá la honradez esencial de su antigua amiga. Y le deseará lo mejor, insistiendo en la calificación:

**Que el bacán que te acamala tenga pesos duraderos,**
**que te abrás en las paradas con cafishos milongueros,**
**y que digan los muchachos: «Es una buena mujer».**

Tal vez prefiero este tango porque da la justa medida de lo que representa Carlos Gardel. Si sus canciones tocaron todos los registros de la sentimentalidad popular, desde el encono irremisible hasta la alegría del canto por el canto, desde la celebración de glorias turfísticas hasta la glosa del suceso policial, el justo medio en que se inscribe para siempre su arte es el de este tango casi contemplativo, de una serenidad que se diría hemos perdido sin rescate. Si ese equilibrio era precario, y exigía el desbordamiento de baja sensualidad y triste humor que rezuma hoy de los altoparlantes y los discos populares, no es menos cierto que cabe a Gardel haber marcado su momento más hermoso, para muchos de nosotros definitivo e irrecuperable. En su voz de compadre porteño se refleja, espejo sonoro, una Argentina que ya no es fácil evocar.

Quiero irme de esta página con dos anécdotas que creo bellas y justas. La primera es a la intención —y ojalá al escarmiento— de los musicólogos almidonados. En un restaurante de la rue Montmartre, entre porción y porción de almejas a la marinera, caí en hablarle a Jane Bathori de mi cariño por Gardel. Supe entonces que el azar los había acercado una vez en un viaje aéreo. «¿Y qué le pareció Gardel?», pregunté. La voz de

Bathori —esa voz por la que en su día pasaron las quintaesencias de Debussy, Fauré y Ravel— me contestó emocionada: «Il était charmant, tout à fait charmant. C'était un plaisir de causer avec lui.» Y después, sinceramente: «Et quelle voix!»

La otra anécdota se la debo a Alberto Girri, y me parece resumen perfecto de la admiración de nuestro pueblo por su cantor. En un cine del barrio sud, donde exhiben **Cuesta abajo,** un porteño de pañuelo al cuello espera el momento de entrar. Un conocido lo interpela desde la calle: «¿Entrás al biógrafo? ¿Qué dan?» Y el otro, tranquilo: «Dan una del mudo...»

# No hay peor sordo que el que

Aquí en París leo pocas cosas rioplatenses porque los afrancesados, señora, somos terribles. Ahora pasa que montones de famas, esperanzas y cronopios me envían no se sabe bien por qué numerosas publicaciones en forma de manuscritos, rollos, papiros, cilindros, plaquetas, separatas, hojas sueltas con carpeta o sin, y sobre todo volúmenes impresos en Buenos Aires y en Montevideo, sin hablar de mis tías que mantienen encendida la antorcha de los suplementos dominicales, que como antorcha es bastante curiosa porque apenas llega a mis manos tiende a convertirse en pelota de papel para alegría y desenfreno de Teodoro W. Adorno que se revuelca con ella en estrecha convivencia bélica.

Será un poco por eso o por otras cosas, pero creo que todavía me queda bastante oreja para nuestro hablar y nuestro escribir, y a su vez será un poco por eso o por otras cosas pero me sucede tristemente que muchos libros y plaquetas se me vuelven también pelota de papel, casi nunca desde el **punto de vista** intelectual y casi siempre desde el **punto de escucha** estético (dando matto grosso a «intelectual» y a «estético» los sentidos respectivos de **fondo y de forma**). ☜ Digo esto y lo que va a seguir a propósito de Néstor Sánchez y de su novela **Nosotros dos**, que conocí hace un par de años en manuscrito (a Sánchez no lo he visto nunca, a veces me escribe unas cartas entre sibilino y retobadas); ahora acaba de publicarse su libro y me ha tocado leer dos o tres reseñas, y ha pasado lo-que-cabía-imaginar o sea que

☞ **Mero tanteo para entenderse, primer** round **de estudio y de academia; el corte es falso, como se muestra más adelante.**

en el Río de la Plata están cada día más Beethoven en materia de estilo. No soy crítico ni ensayista ni pienso defender a Sánchez que ya es grandecito y sale solo de noche; ni siquiera tomo su libro como ejemplo especial, me limito a afirmar que es una de las mejores tentativas actuales de crear un estilo narrativo digno de ese nombre, y que al margen de sus méritos o deméritos representa un raro caso de personalidad en un país tan despersonalizado como la Argentina en materia de expresión literaria.

Sánchez tiene un sentimiento musical y poético de la lengua: musical por el sentido del ritmo y la cadencia que trasciende la prosodia para apoyarse en cada frase que a su vez se apoya en cada párrafo y así sucesivamente hasta que la totalidad del libro recoge y transmite la resonancia como una caja de guitarra; poético, porque al igual que toda prosa basada en la **simpatía,** la comunicación

de signos entraña un reverso cargado de latencias, simetrías, polarizaciones y catálisis donde reside la razón de ser de la gran literatura. Y esto, que resumo mal, es lo que varios críticos del libro han sido incapaces de ver, para deplorar en cambio con un penetrante aire de despistados lo que llaman «galimatías», «oscuridad», la monótona repetición de ese encuentro de un crítico que mira hacia atrás con un artista que ve hacia adelante.

En otra parte me refiero a una segunda piedra de escándalo, José Lezama Lima. Defensor de causas desesperadas (de las otras se ocupan las plumas autorizadas y yo, como en la canción, no lo soy ni lo quiero ser), opto por romper un buen bumerang en pro de estos **soliti ignoti.** Lo que sigue es la versión de un rato de malhumor y tristeza, entre unos mates y unos cigarrillos; pido excusas por la probable falta de información, puesto que no llevo ficheros y además en esta temporada más bien me dedico a escuchar a Ornette Coleman y a perfeccionarme en la trompeta, instrumento petulante.

galimatías- lenguaje obscuro y confuso

# Vocabulario mínimo para entenderse

**Estilo:** 1) La definición del diccionario es la justa: «Manera peculiar que cada cual tiene de escribir o de hablar, esto es, de expresar sus ideas y sentimientos.» Como la noción de estilo suele circunscribirse a la escritura y por ahí se habla de «estilo de frases largas», etc., señalo que por estilo se entiende aquí el producto total de la economía de una obra, de sus cualidades expresivas e idiomáticas. En todo gran estilo el lenguaje cesa de ser un vehículo para la «expresión de ideas y sentimientos» y accede a ese estado límite en que ya no cuenta como mero lenguaje porque todo él es presencia de lo expresado. Un poco como ocurre con el raro intérprete musical que establece el contacto directo del oyente con la obra y cesa de actuar como intermediario.

2) Esta noción de estilo se apreciará mejor desde un punto de vista más abierto, más **semiológico** como dicen los estructuralistas siguiendo a Saussure. Para un Michel Foucault, ☞ en todo relato hay que distinguir en primer término la **fábula,** lo que se cuenta, de la **ficción,** que es «el régimen del relato», la situación del narrador con respecto a lo narrado. Pero esta diada no tarda en mostrarse como triada. «Cuando se habla (en la vida cotidiana) se puede muy bien hablar de cosas 'fabulosas'; el triángulo dibujado por el sujeto parlante, su discurso y lo que cuenta, está determinado desde el exterior por la situación: no hay allí ficción alguna. En cambio, en ese **analogón** de discurso que es una obra, esa relación sólo puede establecerse en el inte-

☞ **En un estudio sobre... Julio Verne, por supuesto. Cf.** L'arc, **No. 29, Aix-en-Provence, 1966.**

rior del acto mismo de la palabra; lo que se cuenta debe indicar por sí mismo quién habla, a qué distancia, desde qué perspectiva y según qué modo de discurso. La obra no se define tanto por los elementos de la fábula o su ordenación como por los modos de la ficción, indicados tangencialmente por el enunciado mismo de la fábula. La **fábula** de un relato se sitúa en el interior de las posibilidades míticas de la cultura; su **escritura** se sitúa en el interior de las posibilidades de la lengua; su **ficción,** en el interior de las posibilidades del acto de la palabra.»

ESCRITORES RIOPLATENSES DE FICCION

Se alude aquí a los que obviamente no tienen un sentimiento del estilo como el apuntado más arriba. Pero apenas se escarba un poco, la sordera estilística asoma como síntoma de falencias concomitantes en el sentido al que apunta el viejo lugar común de que el estilo es el hombre, en este caso el hombre argentino o uruguayo, derrochador indiscriminado de sus muchas y espléndidas cualidades. Quede así entendido que **también** se habla aquí de esos escritores que en su quinto o séptimo libro son capaces de escribir: «Se lo dije una mañana en la lechería, con nuestros codos apoyados sobre el mármol frío», como si se pudiera apoyar en el mármol los codos de nuestra bisabuela o como si el mármol de las lecherías estuviera por lo común en estado de ebullición; de escritores que se permiten displicencias con Borges a la vez que producen cosas como «el tácito consentimiento del ancestral y perentorio llamado de su naturaleza indócil y conceptiva», o cursilerías donde un rostro se enciende con «el fuego indomable del sonrojo», sin hablar de los que explican cómo «tomándole la cara con las dos manos», etc.,



falencia · fallacy

delimitación que permitiría deducir que hay otras personas capaces de tomársela con las tres o las ocho.☞ Esto en cuanto a los mamarrachos más inmediatos de la escritura; de sus obras consideradas en su conjunto se deduce una mayor o menor sordera para los elementos eufónicos del idioma, el ritmo parcial y el general, y esta paradoja irritante: a pesar de estar escritas con un idioma siniestramente empobrecido por la incultura y la consiguiente parvedad del vocabulario, casi siempre sobran palabras en cada frase. **Decir poco con mucho** parece una constante de este tipo de escritor.

## Tienen oídos y no

Ya no recuerdo cuándo ni dónde ha dicho Brice Parain que según tratemos el lenguaje y la escritura, así nos tratarán a nosotros. A nadie le extrañe entonces que esté tratando más bien mal a aquellos escritores rioplatenses de ficción que en la escritura parecen ver sobre todo un sistema de signos informativos, como si pasaran de la Remington al **imprimatur** sin más trabajo que ir sacando las hojas del rodillo.

Es probable que nadie resuelva nunca la cuestión del fondo y la forma puesto que tan pronto se demuestra que es un falso problema las dificultades reaparecen desde otro ángulo. Si es verificable que la expresión acaba siempre por reflejar cualitativamente el

☞ Por si algún aludido o temeroso de alusión incurriera en el justo reproche de que es muy cómodo citar sin dar nombre (en la Argentina ni siquiera se firman muchas supuestas críticas literarias), cumplo en indicar que las citas de este ensayo corresponden a pasajes de (por orden alfabético) Julio Cortázar, Mario E. Lancelotti, Eduardo Mallea y Dalmiro Sáenz, escogidos por la simple razón de que algunos de sus libros estaban al alcance de la mano mientras iba escribiendo esto.

contenido, y que toda elección maniquea en pro de la una o del otro lleva al desastre en la medida en que no hay dos términos sino un continuo (lo que no impide, como estamos viendo hoy, que ese continuo sea más complejo de lo que parecía), también cabe decir que para alcanzar el estado de la escritura que merece llamarse literario no basta con haber llenado resmas blancas o azules sin otro cuidado que la correción sintáctica o, a lo sumo, un vago sentimiento de las exigencias eurítmicas de la lengua. Confieso que en un tiempo esa literatura que llamo sorda me parecía sobre todo producto de la tetánica «enseñanza» de la lengua en nuestros sistemas escolares, y de la ingenuidad subsiguiente de segregar un relato cualquiera con la misma inocencia de un gusano de seda. Más tarde sospeché cosas peores frente a la monotonía de que el cuarto libro del novelista Fulano entrara en las vitrinas tan impecablemente mal escrito como el primero. La perseverancia en el bodrio parecía un indicio de otras cosas; no hace falta creer

demasiado en la praxis para descontar que una ejercitación **atenta** de la literatura debería llevar a un progreso simultáneo en la manera de manejar el auto y en el sentido del viaje para el cual se lo maneja. ¿Cómo no ver que la única **situación** del escritor auténtico es el centro del átomo literario donde partículas conocidas y otras por conocer se resuelven en la perfecta intencionalidad de la obra: la de **extremar** todo lo que la suscita, la hace y la comunica? Si no había avance, si cada nuevo libro de Fulano reiteraba las carencias de los anteriores, sólo cabía pensar que la falla **precedía** la experiencia del oficio, que la invalidaba como un bloqueo, una censura al modo que la entiende el psicoanálisis.

Indagando ese obstáculo inicial que podía explicar la sordera literaria de tanto narrador, y concentrándome por razones obvias en el Río de la Plata, revisé nuestras imposibilidades como ya una vez lo había hecho Borges desde otra intención y otro terreno. Empecé, ya lo dije, recordando la parodia de educación lingüística y literaria que se daba a los jóvenes argentinos de mi tiempo con un patriotismo que dejaba por el suelo el de San Martín y el de Bolívar, pues si éstos acabaron con los ejércitos españoles sin cortar por eso las raíces con España, los profesores de castellano y de literatura de nuestras escuelas secundarias conseguían el más horrendo parricidio en el espíritu de sus alumnos, instilando en ellos la muerte por hastío y por bimestres del infante Juan Manuel, del Arcipreste, de Cervantes y de cuanto clásico había tenido el infortunio de caer en la ratonera de los programas escolares y las lecturas obligatorias. Las excepciones eran como esa solitaria galletita **con** chocolate que sonríe a los pibes en la caja de un kilo **sin.** Por ejemplo yo fui lo bastante afortunado como para tener, a cambio de cinco o seis imbé-

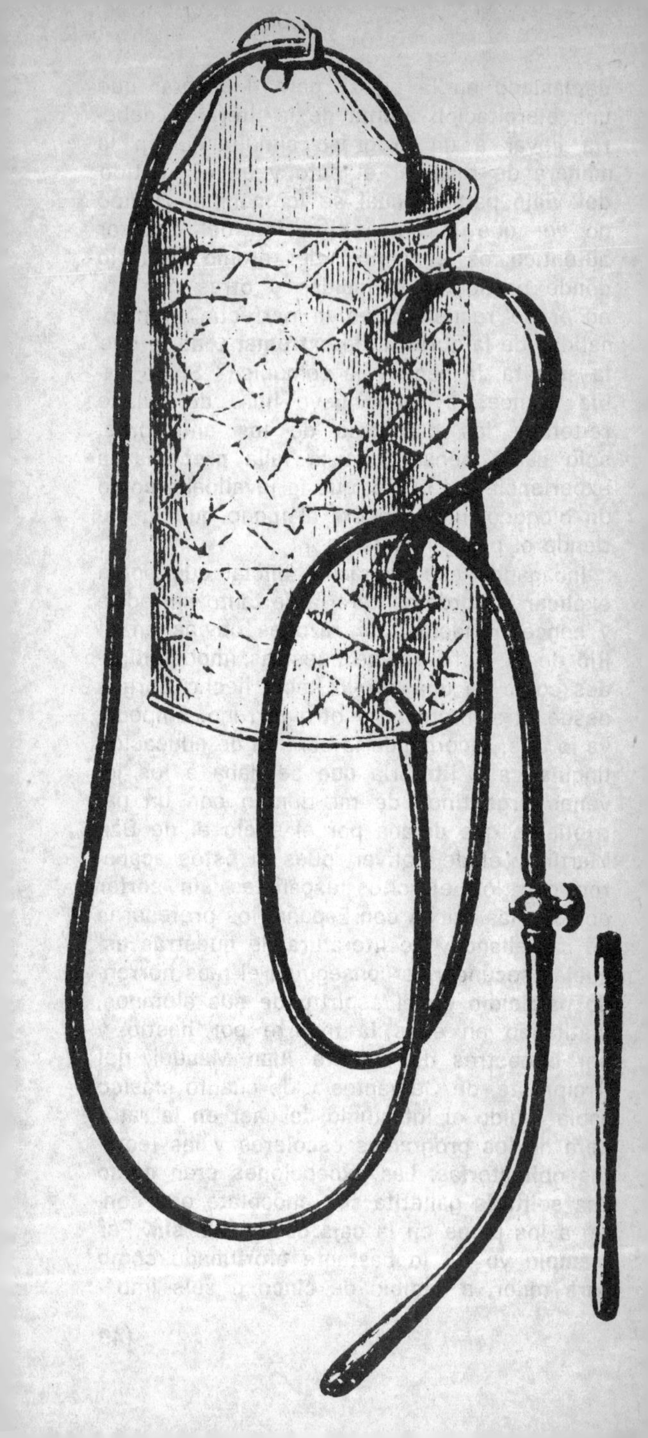

ciles, un profesor que era nada menos que don Arturo Marasso, y es muy posible que a usted le haya tocado una suerte análoga en su lotería docente. Pero ésas son loterías de Heliogábalo; estadísticamente hablando, nos «educamos» (el pretérito indefinido vale quizá también como presente, hace rato que ando lejos y no sé) en la ignorancia de las Madres de la lengua, de las constantes profundas que deberíamos haber reconocido antes de proceder al parricidio freudiano que ni siquiera llegamos a practicar deliberadamente, porque decir como los reos, **che Toto emprestame mil mangos,** o como en los periódicos, **el planteo gubernativo impacta los sectores bursátiles,** o como en una novela, **la hidra del deseo se le aglutinaba en la psiquis convulsa,** no son ni conquistas ni pérdidas lingüísticas, no son rebelión o regresión o alteración, sino pasividad de lapa sometida sin remisión a la circunstancia.

Pensé paralelamente en la influencia neutralizadora y desvitalizadora de las traducciones en nuestro sentimiento de la lengua. Entre 1930 y 1950 el lector rioplatense leyó cuatro quintos de la literatura mundial contemporánea en traducciones, y conozco demasiado el oficio de trujamán como para no saber que la lengua se retrae allí a una función ante todo informativa, y que al perder su **originalidad** se amortiguan en ella los estímulos eufónicos, rítmicos, cromáticos, escultóricos, estructurales, todo el erizo del estilo apuntando a la sensibilidad del lector, hiriéndolo y acuciándolo por los ojos, los oídos, las cuerdas vocales y hasta el sabor, en un juego de resonancias y correspondencias y adrenalina que entra en la sangre para modificar el sistema de reflejos y de respuestas y suscitar una participación porosa en esa experiencia vital que es un cuento o una novela. A partir de 1950 el gran público del Río de la Plata descubrió a sus escritores y a los

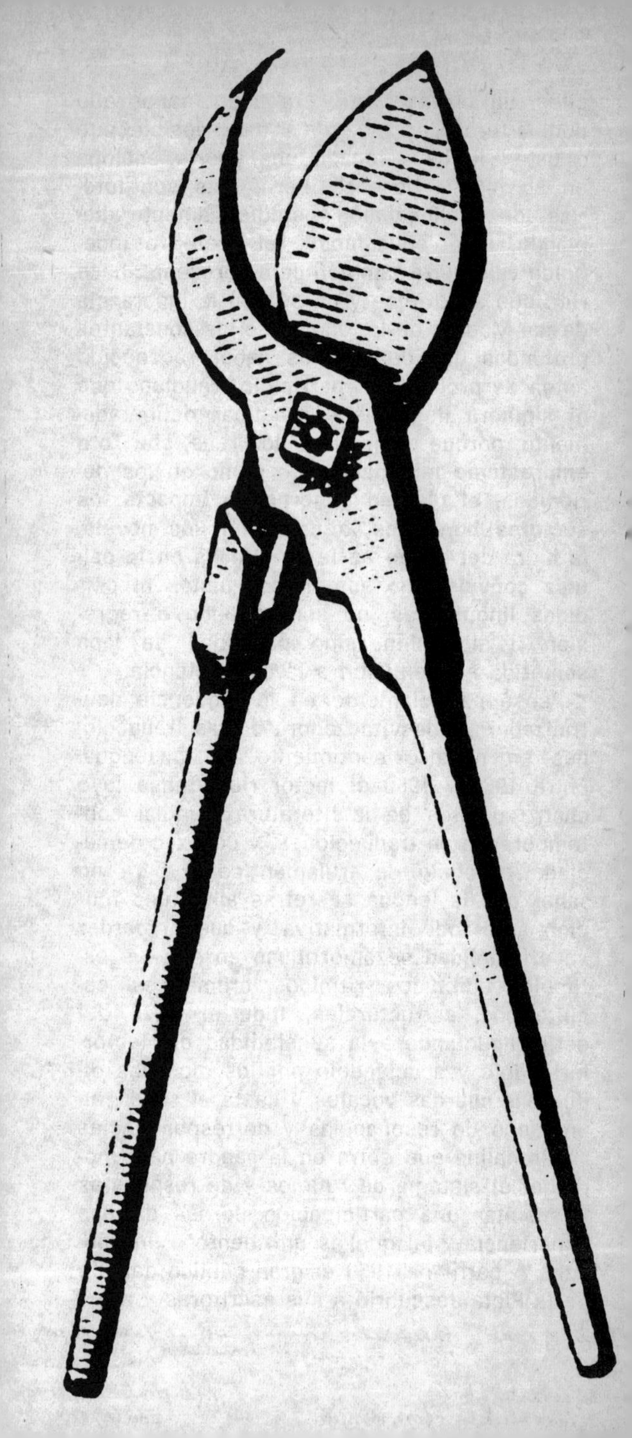

del resto de América Latina; pero el mal ya estaba hecho y mientras por una parte muchos de esos escritores partían de un instrumento degradado por las razones que estoy tratando de entender, por otra parte los lectores habían perdido toda exigencia y leían a un autor uruguayo o mexicano con la misma pasiva aceptación de signos comunicantes con que venían leyendo a Thomas Mann, a Alberto Moravia o a Francois Mauriac en traducciones. Hay por lo menos dos clases de lenguas muertas, y la que manejan esos escritores y esos lectores pertenece a la peor; pero nada lo justifica porque esa muerta es una especie de zombie al revés, y sólo dependería de nosotros que despertara a una vida bien ganada y a pleno sol. Lo malo es que si no hay oreja, como decía Unamuno, si no hay ritmo verbal que corresponda a una economía intelectual y estética, si no hay ese sentido infalible del vocabulario, de las estructuras sintácticas, de los acatamientos y de las transgresiones que hacen el estilo de un gran escritor, si novelista y lector son cómplices metidos en una misma celda y comiendo el mismo pan seco, entonces qué le vachaché, hermano, estamos sonados.

Me pregunté también cuáles podían ser los goces del connubio literario, a qué signo respondía el Eros verbal de esos escritores y lectores rioplatenses que eyaculan y reciben literariamente con el mismo aire perfunctorio y distraído del gallo y la gallina. Cualquier **voyeur** de nuestra literatura actual descubrirá rápidamente que estas chicas (el sexo no importa aquí) se quedan en un liviano erotismo de clítoris y no acceden casi nunca al vaginal. Así, limitada a los umbrales, la información y el «mensaje» escamotean por ingenuidad o incompetencia la fusión erótica total y dadora de ser que nace del comercio con toda literatura digna de tal nombre. En la Argentina el deleite de la lectura se agota

—casi siempre justificadamente puesto que más allá no hay gran cosa— en los bordes de lo meramente expositivo. Los proemios de un goce más profundo lo dan apenas las incursiones del autor en la soltura oral, en un diálogo donde el lunfardo o las hablas provincianas y domésticas alcanzan a rescatar de a ratos la respiración del idioma vivo; pero apenas el novelista, pequeño dios acartonado, vuelve a tomar la palabra entre dos diálogos, se recae en la primacía del signo a secas. **Y el lector corriente no lo advierte,** y tampoco la mayoría de los críticos que confunden literatura con información de lujo. Entre nosotros parece haber muy pocos creadores y lectores

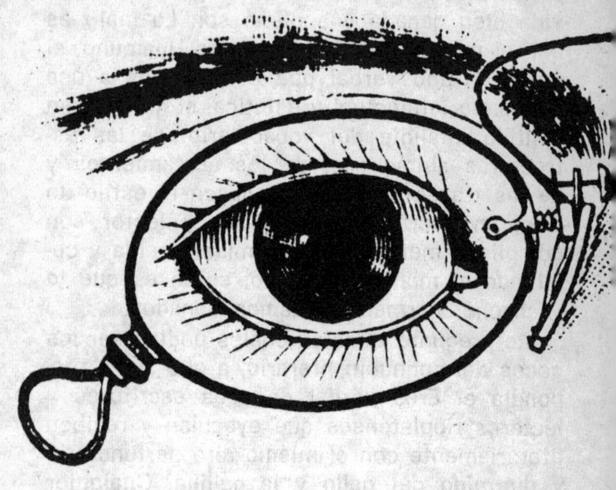

sensibles al estilo como estructura **original** en los dos sentidos del término, en la que todo impulso y signo de comunicación apunta a las potencias extremas, actúa en altitud, latitud y profundidad, promueve y conmueve, trastorna y transmuta —una «alchimie du verbe» cuyo sentido último está en trascender la operación poética para actuar con la misma eficacia alquímica sobre el lector. Dejemos de lado el seudo estilo de superficie que en gran parte nos viene de la España verbosa de tertulias (la otra duerme y espera), y que consiste en redondear la frase, engolar la voz, adjetivar lujoso y dale nomás con cosas como «indagaba el monto del dinero dilapidado», o «dos o tres señores de familia pareja, oronda, apetente, con sus adultos y sus impúberes» (sic); todo ese floripondio se irá muriendo solo y sus últimos ecos serán los discursos con que se despedirá a sus autores en el peristilo de la Chacarita. El peligro real es la sordera, no esas bandas municipales de la lengua; el mal está en el empobrecimiento deliberado de la expresión (simétricamente comparable a la hinchazón al

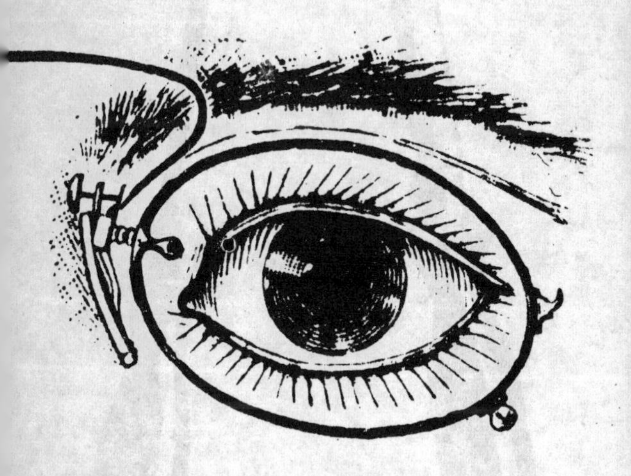

cuete de los españoles de este tiempo) coincidente con la sobreestimación de la anécdota que motiva el texto. No parece advertirse que, al transmitir imperfectamente, la recepción oscila entre lo incompleto y lo falso; literariamente seguimos en los tiempos de las radios de galena. ¿Entenderemos por fin que en este oficio el mensaje y el mensajero no forman parte de la Unión Postal Universal, que no son dos como la carta y el cartero?



galena

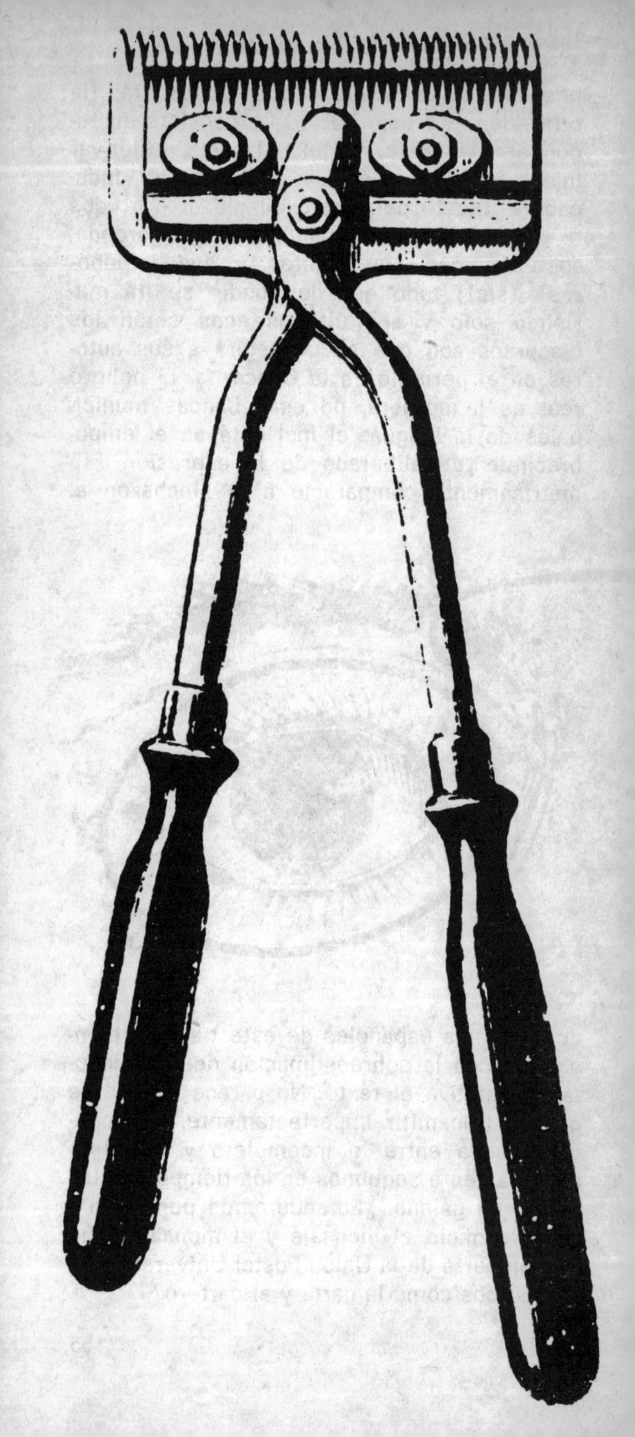

## Gran fatiga a esta altura de la disquisición

—Acabala, che —se oye decir en alguna parte. Soy sensible a estas insinuaciones pero no me iré sin una última reflexión, porque a esta altura del partido entiendo que la indiferencia hacia el estilo por parte de autores y lectores mueve a sospechar que el «mensaje» tan dispuesto a prescindir alegremente de un estilo no ha de ser tampoco gran cosa. Y entiendo algo más: la raíz **moral** de lo que nos está sucediendo literariamente, eso que **antes** de las influencias negativas de la escuela y de las traducciones ya está jugando desde nuestra índole, el hecho de ser un uruguayo o un argentino. En literatura sufrimos como en muchas otras cosas las desventajas de nuestras ventajas: inteligentes, adaptables, rápidos para captar los rumbos de la circunstancia, nos damos el triste lujo de no acatar la distancia **elemental** que va del periodismo a la literatura, del amateurismo a la profesión, de la vocación a la obra. ¿Por qué nuestros hombres de ciencia valen estadísticamente más que nuestros literatos? La ciencia y la tecnología no admiten la improvisación, el bartoleo y la facilidad en la medida en que nuestros literatos creen inocentemente que lo permite la narrativa, y en cambio sacan brillante partido de nuestras mejores cualidades. En las letras, como en el fútbol y el boxeo y el teatro profesional, la facilidad rioplatense se traduce en suficiencia, en algo así como un derecho divino a escribir o a leer o a meter goles impecablemente. Todo nos es debido porque todo nos es dado; el Estado somos nosotros, el que venga atrás que arree, etcétera. Pero por cada Pascualito Pérez o Jorge Luis Borges, brother, qué palizas nos pegan dappertutto. **Viva yo** es una viveza que me harté de leer y de escribir en



bartoleo

los paredones de mi infancia, casi siempre acompañado de esa otra viveza que también nos dibuja, **Puto yo.** Así nos decretamos un día escritores o lectores **ex officio,** sin noviciado y sin vela de armas, pasando de vagas lecturas a la rotunda redacción de nuestra primera novela y a la interpelación patriótica al pobre editor más o menos catalán que no entiende lo que pasa y baja espantado la metálica de su catálogo. Alguna vez se me dio la gana de perder una noche en San Martín y Corrientes o en un café de Saint-Germain-des-Prés, y me entretuve en escuchar a algunos escritores y lectores argentinos embarcanos en esa corriente que estiman «comprometida» y que consiste grosso modo en ser auténtico (?), en enfrentar la realidad (?), en acabar con los bizantinismos borgianos (resolviendo hipócritamente el problema de su inferioridad frente a lo mejor de Borges gracias a la usual falacia de valerse de sus tristes aberraciones políticas o sociales para disminuir una obra que nada tiene que ver con ellas). Era y sigue siendo divertido comprobar cómo estos ñatos creen que basta ser vivo e inteligente y haber leído muchísimo para que el resto sea cuestión de baskerville y cuerpo ocho. Si les hablás de Flaubert te salen con cosas como «la tranche de vie» y no piensan en lo que se quemó Gustavo las pestañas; si son un poco más astutos te retrucan que Balzac o Emily Brontë o D. H. Lawrence no necesitaban tanta gimnasia para producir obras maestras, olvidándose que tanto unos como otros (genio aparte) salían a pelear con armas afiladas colectivamente por siglos de tradición intelectual, estética y literaria, mientras nosotros estamos forzados a crearnos una lengua que primero deje atrás a Don Ramiro y otras momias de vendaje hispánico, que vuelva a descubrir el español que dio a Quevedo o Cervantes y que nos dio **Martín Fierro** y **Recuerdos de provincia,** que sepa inventar, que sepa abrir la puerta para ir a jugar, que sepa matar a diestra y siniestra como toda lengua realmente viva, y sobre todo que se libere por fin del **journalese** y del **translatese,** para que esa liquidación general de inopias y facilidades nos lleve algún día a un estilo nacido de una lenta y ardua meditación de nuestra realidad y nuestra palabra. ¿Por qué quejarse, finalmente? ¿No es maravilloso que debamos abrirnos paso en la confusión de una lengua que, como siempre, no es más que una confusión en nosotros mismos? Aquí en Francia se publican cada año centenares de libros insignificantes que prueban los riesgos de la acera de enfrente, la facilidad que puede tener para los mediocres un idioma accesible en su plena eficacia al término de los estudios escolares. Cuando por ahí sale el gran libro, es lógico que se envidie desde nuestras tierras el uso que es capaz de hacer el genio de una lengua como la francesa o la inglesa; pero nuestros libros también pueden llegar a ser grandes en la medida en que sean cada vez más la batalla ineludible por la conquista de una lengua antes de aspirar a su flor final, a su resultado perfecto. Lástima que aquí, tristemente, se inserte otra vez la falta de ganas de pelear, la ingenuidad o la canallería de querer recoger el botín sin haber dado un solo buen tajo, la **fiaca** rioplatense tan loable en verano a la hora de la siesta, tan aconsejable entre libro y libro, pero que no se conforma con amueblarnos de sueños y mate amargo los ocios magníficos del hombre rioplatense sino que es culpable de buena parte de nuestra bibliografía contemporánea. Chau.

fiaca -pereza

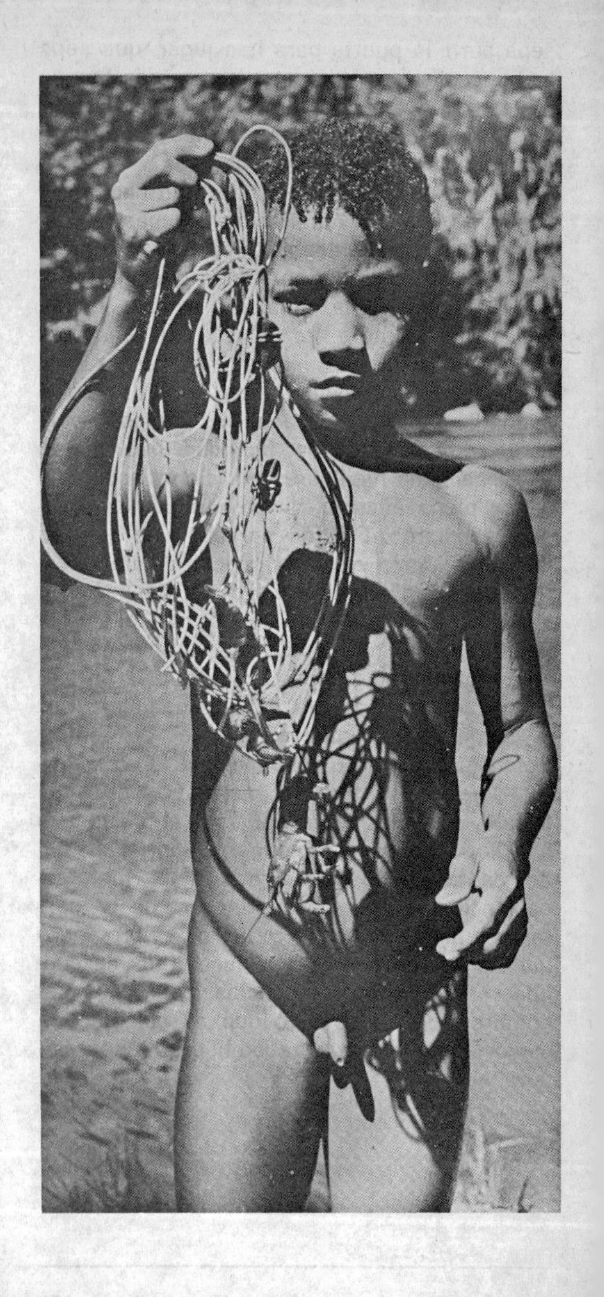

# Hay que ser realmente idiota para

Hace años que me doy cuenta y no me importa, pero nunca se me ocurrió escribirlo porque la idiotez me parece un tema muy desagradable, especialmente si es el idiota quien lo expone. Puede que la palabra idiota sea demasiado rotunda, pero prefiero ponerla de entrada y calentita sobre el plato aunque los amigos la crean exagerada, en vez de emplear cualquier otra como tonto, lelo o retardado y que después los mismos amigos opinen que uno se ha quedado corto. En realidad no pasa nada grave pero ser idiota lo pone a uno completamente aparte, y aunque tiene sus cosas buenas es evidente que de a ratos hay como una nostalgia, un deseo de cruzar a la vereda de enfrente donde amigos y parientes están reunidos en una misma inteligencia y comprensión, y frotarse un poco contra ellos para sentir que no hay diferencia apreciable y que todo va benissimo. Lo triste es que todo va malissimo cuando uno es idiota, por ejemplo en el teatro, yo voy al teatro con mi mujer y algún amigo, hay un espectáculo de mimos checos o de bailarines tailandeses y es seguro que apenas empiece la función voy a encontrar que todo es una maravilla. Me divierto o me conmuevo enormemente, los diálogos o los gestos o las danzas me llegan como visiones sobrenaturales, aplaudo hasta romperme las manos y a veces me lloran los ojos o me río hasta el borde del pis, y en todo caso me alegro de vivir y de haber tenido la suerte de ir esa noche al teatro o al cine o a una exposición de cuadros, a cualquier sitio donde gentes extraordinarias están haciendo o mostrando cosas que jamás se habían imaginado antes, inventando un lugar de revelación y de encuentro, algo que

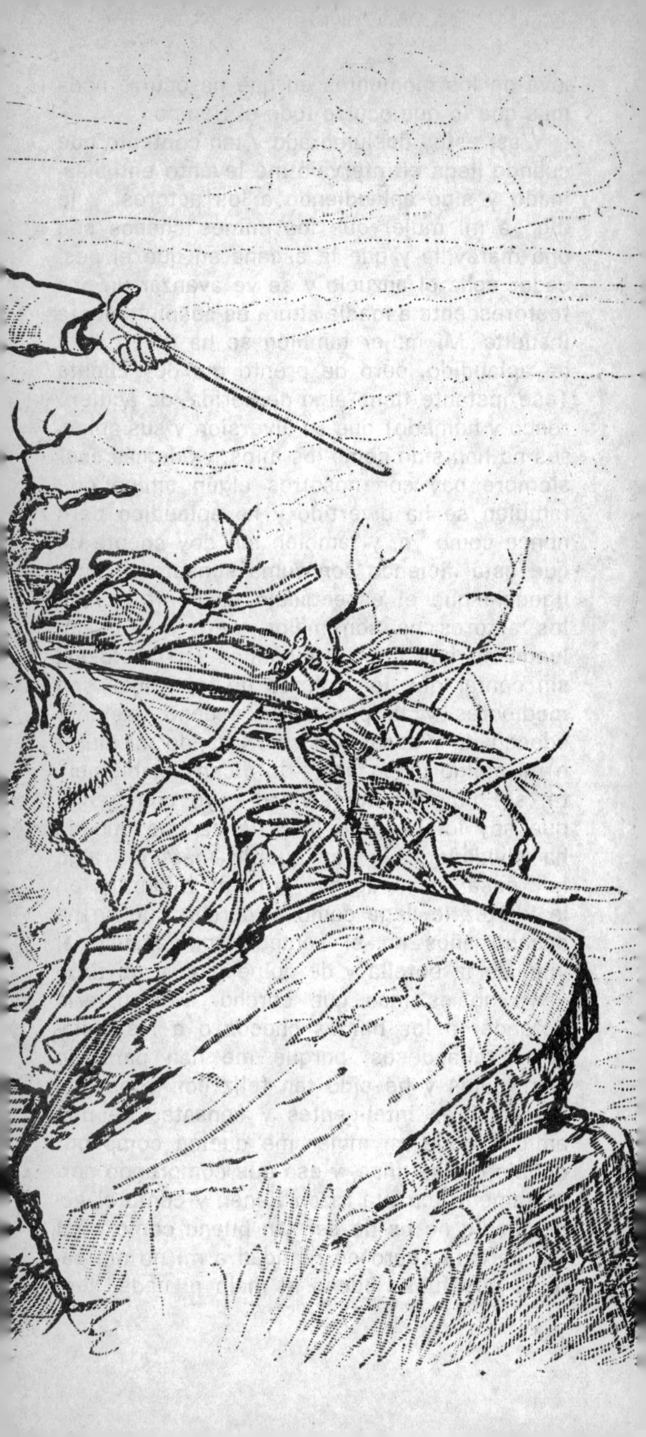

lava de los momentos en que no ocurre nada más que lo que ocurre todo el tiempo.

Y así estoy deslumbrado y tan contento que cuando llega el intervalo me levanto entusiasmado y sigo aplaudiendo a los actores, y le digo a mi mujer que los mimos checos son una maravilla y que la escena en que el pescador echa el anzuelo y se ve avanzar un pez fosforescente a media altura es absolutamente inaudita. Mi mujer también se ha divertido y ha aplaudido, pero de pronto me doy cuenta (ese instante tiene algo de herida, de agujero ronco y húmedo) que su diversión y sus aplausos no han sido como los míos, y además casi siempre hay con nosotros algún amigo que también se ha divertido y ha aplaudido pero nunca como yo, y también me doy cuenta de que está diciendo con suma sensatez e inteligencia que el espectáculo es bonito y que los actores no son malos, pero que desde luego no hay gran originalidad en las ideas, sin contar que los colores de los trajes son mediocres y la puesta en escena bastante adocenada y cosas y cosas. Cuando mi mujer o mi amigo dicen eso —lo dicen amablemente, sin ninguna agresividad— yo comprendo que soy idiota, pero lo malo es que uno se ha olvidado cada vez que lo maravilla algo que pasa, de modo que la caída repentina en la idiotez le llega como al corcho que se ha pasado años en el sótano acompañando al vino de la botella y de golpe plop y un tirón y ya no es más que corcho. Me gustaría defender a los mimos checos o a los bailarines tailandeses, porque me han parecido admirables y he sido tan feliz con ellos que las palabras inteligentes y sensatas de mis amigos o de mi mujer me duelen como por debajo de las uñas, y eso que comprendo perfectamente cuánta razón tienen y cómo el espectáculo no ha de ser tan bueno como a mí me parecía (pero en realidad a mí no me parecía que fuese bueno ni malo ni nada, sencillamente estaba transportado por lo que ocurría como idiota que soy, y me bastaba para salirme y andar por ahí donde me gusta andar cada vez que puedo, y puedo tan poco). Y jamás se me ocurriría discutir con mi mujer o con mis amigos porque sé que tienen razón y que en realidad han hecho muy bien en no dejarse ganar por el entusiasmo, puesto que los placeres de la inteligencia y la sensibilidad deben nacer de un juicio ponderado y sobre todo de una actitud comparativa, basarse como dijo Epicteto en lo que ya se conoce para juzgar lo que se acaba de conocer, pues eso y no otra cosa es la cultura y la sofrosine. De ninguna manera pretendo discutir con ellos y a lo sumo me limito a alejarme unos metros para no escuchar el resto de las comparaciones y los juicios, mientras trato de retener todavía las últimas imágenes del pez fosforescente que flotaba en mitad del escenario, aunque ahora mi recuerdo se ve inevitablemente modificado por las críticas inteligentísimas que acabo de escuchar y no me queda más remedio que admitir la mediocridad de lo que he visto y que sólo me ha entusiasmado porque acepto cualquier cosa que tenga colores y formas un poco diferentes. Recaigo en la conciencia de que soy idiota, de que cualquier cosa basta para alegrarme de la cuadriculada vida, y entonces el recuerdo de lo que he amado y gozado esa noche se enturbia y se vuelve cómplice, la obra de otros idiotas que han estado pescando o bailando mal, con trajes y coreografías mediocres, y casi es un consuelo pero un consuelo siniestro el que seamos tantos los idiotas que esa noche se han dado cita en esa sala para bailar y pescar y aplaudir. Lo peor es que a los dos días abro el diario y leo la crítica del espectáculo, y la crítica coincide casi siempre y hasta con las mismas palabras con lo que tan sensata e inteligentemente han visto y dicho mi mujer o mis amigos. Ahora estoy seguro de que no ser idiota es una de las cosas más importantes para la vida de un hombre, hasta que poco a poco me vaya olvidando, porque lo peor es que al final me olvido, por ejemplo acabo de ver un pato que nadaba en uno de los lagos del Bois de Boulogne, y era de una hermosura tan maravillosa que no pude menos que ponerme en cuclillas junto al lago y quedarme no sé cuánto tiempo mirando su hermosura, la alegría petulante de sus ojos, esa doble línea delicada que corta su pecho en el agua del lago y que se va abriendo hasta perderse en la distancia. Mi entusiasmo no nace solamente del pato, es algo que el pato cuaja de golpe, porque a veces puede ser una hoja seca que se balancea en el borde de un banco, o una grúa anaranjada, enormísima y delicada contra el cielo azul de la tarde, o el olor de un vagón de tren cuando uno entra y se tiene un billete para un viaje de tantas horas y todo va a ir sucediendo prodigiosamente, las estaciones, el sándwich de jamón, los botones para encender o apagar la luz (una blanca y otra violeta), la ventilación regulable, todo eso me parece tan hermoso y casi tan imposible que tenerlo ahí a mi alcance me llena de una especie de sauce interior, de una verde lluvia de delicia que no debería terminar más. Pero muchos me han dicho que mi entusiasmo es una prueba de inmadurez (quieren decir que soy idiota, pero eligen las palabras) y que no es posible entusiasmarse así por una tela de araña que brilla al sol, puesto que si uno incurre en semejantes excesos por una tela de araña llena de rocío, ¿qué va a dejar para la noche en que den **King Lear?** A mí eso me sorprende un poco, porque en realidad el entusiasmo no es una cosa que se gaste cuando uno es realmente idiota, se gasta cuando uno es inteligente y tiene sentido de los valores y de la historicidad de las cosas, y por eso aunque yo corra de un lado a otro del Bois de Boulogne para ver mejor el pato, eso no me impedirá esa misma noche dar enormes saltos de entusiasmo si me gusta cómo canta Fischer Dieskau. Ahora que lo pienso la idiotez debe ser eso: poder entusiasmarse todo el tiempo por cualquier cosa que a uno le guste, sin que un dibujito en una pared tenga que verse menoscabado por el recuerdo de los frescos de Giotto en Padua. La idiotez debe ser una especie de presencia y recomienzo constante: ahora me gusta esta piedrita amarilla, ahora me gusta **L'année dernière à Marienbad,** ahora me gustas tú, ratita, ahora me gusta esa increíble locomotora bufando en la Gare de Lyon, ahora me gusta ese cartel arrancado y sucio. Ahora me gusta, me gusta tanto, ahora soy yo, reincidentemente yo, el idiota perfecto en su idiotez que no sabe que es idiota y goza perdido en su goce, hasta que la primera frase inteligente lo devuelva a la conciencia de su idiotez y lo haga buscar presuroso un cigarrillo con manos torpes, mirando el suelo, comprendiendo y a veces aceptando porque también un idiota tiene que vivir, claro que hasta otro pato u otro cartel, y así siempre.

# Dos historias zoológicas y otra casi

## Sociedad anónima

Numerosas docenas de mirones, los tubos de insecticida sobre la mesa de caballetes, la mesa instalada en una esquina, un calor chorreante pero nuestro José, la boina requintada, apostrofa a los mirones sin la menor amabilidad, el producto que tiene el honor de vender no requiere chuparle las medias a nadie, este insecticida a presión es infalible y barato a la vez, dos cosas que raramente van juntas. Los otros insecticidas que venden las droguerías, mucho prospecto y latas de colores con vistas de moscas y cucarachas en horrible agonía, pero le juro que más de cuatro son propiamente tónicos para el insecto, usted lo pulveriza y el animal entra en un estado de verdadero entusiasmo, se trepa por las paredes o revolotea entre los caireles, al final uno les ha hecho un favor y encima le costó ochenta pesos. Aquí nada, un tubo honrado y sencillo a un precio sin competencia, y además no es cosa de andar engrupiendo al respetable con figuritas en tecnicolor, el movimiento se demuestra andando, attenti al piato, ahora mismo se van a convencer de que el producto es noble, señor, póngale la firma, se lo digo yo.

José saca un bocal de vidrio y lo levanta para que todos puedan ver el mosquito de tamaño natural que vuela sin demasiadas ganas en tan poca atmósfera. Destapa el pulverizador del noble producto, entreabre el bocal y le raja una buena rociada al díptero. El sujeto la recibe como un hombre, sigue volando dos segundos, se pega al vidrio como quien va a descansar, y de golpe estira las patas, pierde el apoyo y cae al fondo del frasco donde el ávido público asiste a sus vistosas y variadas convulsiones y a su rigidez final.

—Dos segundos ocho en sentir los efectos, cuatro segundos cinco en entregar el rosquete —dice sencillamente Jocó—. Momento, momento, no se me tiren encima que hay para todos, primero a la señora aquí que me parece que se le está quemando la carbonada. Sesenta y cinco bataraces, señora, y desde esta noche usted se va a la camita con su esposo y puede hacer lo que quiera sin que el insecto venga a escorcharles el alma, cuantimás que en algunos casos... Pero hay niños presentes, mejor hablamos de otra cosa. El señor aquí un tubito, la señorita que

escorchar - to flay
to skin

le queda tan bien esa blusa pegadita a los... Mire cómo se me pone colorada, pero si no lo iba a decir, nena. Epa, que me dejan sin existencias. De a uno y en fila como en la escuela, que alcanza para todos.

Los compradores se van en numerosas direcciones, y José espera un momento. Después levanta el frasco y lo sacude.

—Arriba, Toto —dice José—, no ves que ya se rajaron todos. Encaramate tranquilo, rejuntá las patas que parecés una vaca muerta, organizate, hermano, organizate que ahora empieza otra sección. Así me gusta. Mándese un vuelito hasta la tapa, después me da dos o tres vueltas como una paloma, y se me aviva del todo que ya me veo a dos viejas que vienen como bala. Muy bien, Toto —aprueba José, dejando el frasco en su sitio—. Si te seguís portando así, esta noche te pongo dos minutos arriba del culo de mi patrona. Algo especial, te lo juro, Toto. Me vas a decir a mí, pibe. Para algo somos socios, no te parece.

## Por escrito gallina una

Con lo que pasa es nosotras exaltante. Rápidamente del posesionadas mundo estamos hurra. Era un inofensivo aparentemente cohete lanzado Cañaveral americanos Cabo por los desde. Razones se desconocidas por órbita de la desvió, y probablemente algo al rozar invisible la tierra devolvió a. Cresta nos cayó en la paf, y mutación golpe entramos de. Rápidamente la multiplicar aprendiendo de tabla estamos, dotadas muy literatura para la somos de historia, química menos un poco, desastre ahora hasta deportes, no importa pero: de será gallinas cosmos el, carajo qué.

## Sobre la solución de controversias

Si un gobierno declara ininteligible a un almirante pasarán cosas extrañas en el país, porque nunca se ha sabido que a un almirante le agrade ser declarado ininteligible y todavía menos que un gobierno civil haya declarado ininteligible a un almirante.

Si a pesar de eso el gobierno lo declara, sucederá que el almirante declarado telefoneará a otros almirantes y en algún lugar del buque insignia habrá una reunión secreta donde numerosas condecoraciones y charreteras se agitarán convulsionadas, tratando de poner en claro cosas tales como el significado

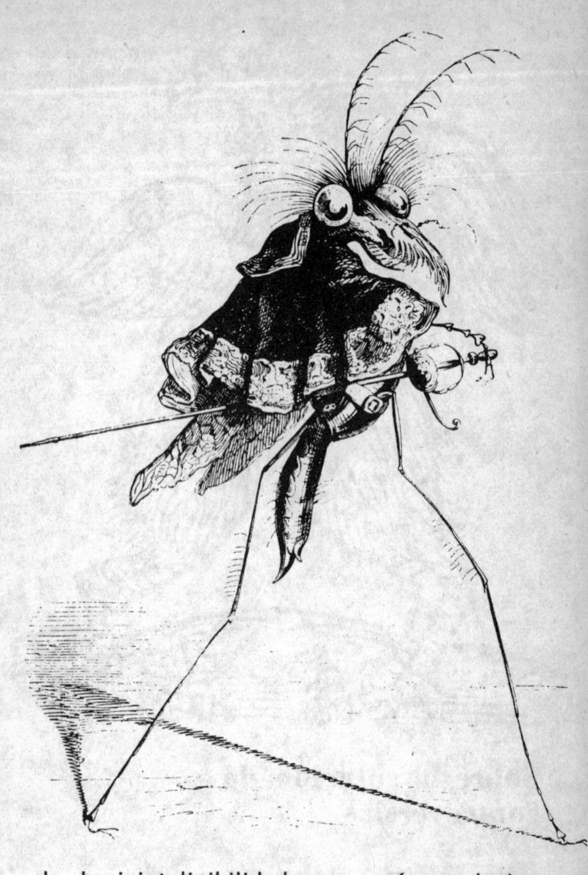

de la ininteligibilidad, por qué se declara ininteligible a un almirante y, en caso de que la declaración tenga algún fundamento, cómo puede ser que el almirante declarado haya procedido ininteligiblemente hasta el punto de que lo declaren, y así sucesivamente.

Lo más probable es que los almirantes inteligibles se solidaricen con el declarado, en la medida en que la susodicha declaración afecta el buen nombre y honor de un colega que a lo largo de su digna carrera no ha dado jamás el menor motivo para que lo declaren. En consecuencia, si se acata la declaración del gobierno se navega a toda máquina hacia la anarquía y el retiro forzoso, por lo cual frente a la gravedad de los hechos sólo cabe una respuesta solidaria: concentrar la escuadra en la rada y bombardear la casa de gobierno, que un arquitecto insensato ha puesto prácticamente al borde del agua con las consiguientes ventajas balísticas.

Sin embargo, no es posible desechar la posibilidad de que los almirantes, conscientes del hecho de que el gobierno responderá a tan legítima actitud con el bajo recurso consistente en movilizar al ejército y a la aviación so pretexto de que en el bombardeo han perecido varios miles de ciudadanos, decidan finalmente persuadir al almirante declarado para que demuestre públicamente que la declaración carece de todo fundamento. A tal fin, después de ponderadas deliberaciones, convencerán al almirante de que debe escupir sin más dilación el chewing-gum que se obstina en chupar y soplar desde las últimas navidades y, en caso de que el almirante declarado arguya que aprecia demasiado su chewing-gum como para escupirlo, lo acorralarán en un extremo de la cabina y le apretarán la nariz hasta que abra la boca, momento en que el dentista de a bordo le extraerá el chewing-gum con la pinza que siempre tienen los dentistas navales para casos parecidos.

Cumplida esta etapa tan amarga cuanto necesaria, los almirantes comunicarán rotunda y telefónicamente al gobierno que el declarado no sólo no ha sido nunca ininteligible sino que su inteligibilidad es orgullo y alegría del almirantazgo, razón por la cual en un plazo de veinticuatro horas deberá revocarse la declaración so pena de graves represalias. El gobierno se manifestará sorprendido por tan adusta decisión y reclamará las pruebas pertinentes, ocasión en la cual el almirante declarado hará oír su voz por teléfono y el gobierno tendrá amplia oportunidad de percatarse de que es un almirante perfectamente inteligible y que la declaración carece ya de todo fundamento, terminando el episodio con un intercambio de frases festivas y promesas recíprocas de lealtad y patriotismo.

Como prueba complementaria y decorativa, se enviará al gobierno por correo certificado una cajita de plexiglás en la cual se habrá acondicionado el chewing-gum, cuidando de no romper la última burbuja producida por el almirante puesto que le da un aire parecido al de una perla y ya se sabe que los almirantes y sus esposas tiene el más alto respeto por estas excrecencias que simbolizan el mar, aparte de que cuando son auténticas cuestan horrores.

**Interior del proyectil** ▶
De la tierra a la luna

# El hombre se ha hartado de cambiar la tierra

Ahora, ya sabemos que la única certeza se engendra en lo que nos rebasa.

JOSE LEZAMA LIMA, **A partir de la poesía.**

**¿Vivir ahora en las líneas del poema?**
**Quien conoció la mano,**
**¿Contentarse con la palabra mano?**
**¿Con la palabra mar, con la palabra**
**Siempre?**

ROBERTO FERNANDEZ RETAMAR, **Historia antigua.**

**Esta noche**
**me basta tu silenciosa presencia.**
**En mi cabeza turbada**
**tu poesía alumbra mejor que una lámpara**
**sobre mis círculos de miedo.**

**No me distraigo.**
**Tengo los ojos fijos en la negra ventana.**
**Pasan camiones con soldados,**
**gentes de las líneas de fuego.**

**En mi casa resuenan las consignas violentas.**

HEBERTO PADILLA, **El justo tiempo humano.**

Mostramos la mayor cantidad de luz que puede, hoy por hoy, mostrar un pueblo en la tierra.

JOSE LEZAMA LIMA, **A partir de la poesía.**

**...Y qué hago en medio de esto después de esto**
**pues la luz que me trajo me hace daño**
**y no puedo vivir de espaldas a la pared**
**ni de espaldas a la mano que me busca**
**ni al rostro que ha mirado nuestro rostro...**

ROLANDO ESCARDO, **Llegada.**

**La casa que la luz fuerte derriba**
**me da un gusto de polvo en la garganta, me deslumbra**
**como un dolor su lenta decisión de morir, su fatigosa**
**decisión de morir, su pena inmensa.**
**Raída por siempre, qué trabajo**
**le cuesta desprenderse de sí, cómo no sabe**
**y equivoca sus daños y confía**
**pero de pronto vuelve**
**a conocer este salvaje desgarramiento final y se decide**
**con aparente calma, silenciosa y magnífica en su honor, hecha de polvo.**

ELISEO DIEGO, **La ruina.**

# Es tiempo de que la tierra cambie al hombre

# Esa tierra ya se levanta, ya tiene un nombre

Lo desconocido es casi nuestra única tradición.

JOSE LEZAMA LIMA, **A partir de la poesía.**

**Todo esto y mucho más puede ocurrir y ocurriría sin duda**
**si tan sólo dedicaras unos minutos a sentir lo que te rodea,**
**si dejaras que el mundo participara plenamente de tu mundo,**
**si conocieras el hermoso poder de escribir un poema.**

FAYAD JAMIS, **Puede ocurrir.**

**Algunas veces los poetas salen de viaje,**
**entonces usan oscuras boinas, sandalias o bufandas.**
**Saludan ansiosamente,**
**y fornican con las más hermosas e imaginadas mujeres...**
**luego caminan por el Boul'Mich y escriben**
**enormes reportajes**
**que las revistas importantes nunca publican.**
**Pero otras veces sufren, son enviados**
**a prisiones, junto a algún camarada**
**comen salchichas, cebollas, pan y papas fritas.**
**Los poetas, decididamente, conocen muchas cosas**
**en los viajes:**
**alguien me lo advirtió**
**abandonando un barco en Copenhague.**

CESAR LOPEZ, **Apuntes para un pequeño viaje.**

Porque mientras el miedo ande suelto
por ciudades y montes de la tierra,
no irán los hombres cada día al mercado
ni de paseo los domingos
como conquistadores verdaderos.

PABLO ARMANDO FERNANDEZ, **Libro de los héroes.**

# Con los amigos cambiaremos la relojería del cielo

Sin embargo estoy aquí, la puerta abierta.
Después saldré, saldremos, a construir la
ciudad.
El que está disponible para la hora futura
sabe que la vida vale la pena.

ANTON ARRUFAT, **Escrito en las puertas.**

Madre Revolución que estás en la simiente,
devoradora sea tu llama en el mediodía del
pueblo,
comprendida sea tu señal por los humildes que
todavía
ignoran el alfabeto y consecuentes esperan
la resurrección de la carne.
Enséñanos a cuidarte en nuestra propia
fuerza,
a proseguirte, no obstante las viejas
desesperanzas,
descreyéndonos y negando más de tres veces,
si fuese necesario, nuestros temibles
atavismos.

LUIS SUARDIAZ, **Encontrado entre papeles del año 1959.**

# INDICE

Primera edición (México), diciembre de 1967.
Segunda edición (Buenos Aires), abril de 1968.
Tercera edición (Buenos Aires), junio de 1968.
Cuarta edición (Buenos Aires), octubre de 1968.
Quinta edición (Buenos Aires), julio de 1969.
Sexta edición (México), septiembre de 1969.
Séptima edición, primera de bolsillo (Madrid), diciembre de 1970.
Octava edición, segunda de bolsillo (México), julio de 1972.
Novena edición, tercera de bolsillo (Madrid), septiembre de 1973.
Décima edición, cuarta de bolsillo (México), marzo de 1974.
Undécima edición, quinta de bolsillo (Madrid), septiembre de 1975.
Duodécima edición, sexta de bolsillo (Madrid), noviembre de 1976.
Decimotercera edición, séptima de bolsillo (México), septiembre de 1977.
Decimocuarta edición, octava de bolsillo (Madrid), texto íntegro, mayo de 1978.
Decimoquinta edición, novena de bolsillo (Madrid), julio de 1979.
Decimosexta edición, décima de bolsillo (Madrid), noviembre de 1980.



Impreso y hecho en España.
Printed and made in Spain.

ISBN: 84-323-0038-1

Depósito legal: M. 36.612-1980

Impreso en Closas-Orcoyen, S. L
Martínez Paje, 5. Madrid-29.

Diagramación de Julio Silva.